高い体温が背後から抱き着く。
いつもはさして熱い方じゃないのに。これもまた寝起きのせいだろう、気持ちいい。
だるそうに肩に乗った頭に顔を寄せるとほのかにシャンプーの香りがした。

イラスト／あじみね朔生

エゴイストの幸福《しあわせ》

火崎 勇

大学の時、男同士の恋愛に抵抗がなかった俺は、佐原夏津也《さはらかつや》という後輩と肉体関係になった。彼は顔が綺麗だった、絵が上手かった、人づき合いが悪く俺以外の人間を特別扱いすると思えなかった。

だから、ちょっとした遊び心で彼を誘い、彼に抱かれたのだ。

自分で言うのも何だけれど、俺は浮気性でいい加減な男だった。人生は楽しくやりたい、自分だけがいい目を見るのが大好き。自分が惚れる恋愛もいいけれど、自分が惚れられる恋愛のが好き。そんな男だった。

けれど、佐原は本当に『いい男』で、卒業までの短い間に俺は彼に思った以上に心惹かれ本気になってしまった。

不器用で、強烈な男。

彼に愛されることが幸福。

自由にされ、それ以上に執着されることの喜び。

誤解したり、別れたり、またくっついて抱かれたり。上手く行くまでいろいろあったけれど、今では何とか順調な恋人同士。

だから、当然のように思い込んでいた。

自分はふらふらしてても、絶対に佐原は俺に一途。

あいつは俺しか目に入ってないから浮気なんかしない。

エゴイストな俺、中井佑貴《なかいゆうき》は勝手にそう信じていた。

けれどいつも、『絶対』なんて言葉が使えることはありはしないのだ。


『スタジオ玉兎《ぎょくと》』は雑多な仕事をこなす結構大きなデザイン会社だった。

雑誌のレイアウトから出版、単行本に画集、ポスター等の広告デザインまでと、よく言えば幅広く、悪く言えば悪食なほど仕事をこなすところ。

だが三流の下請け会社とは違い業界でも一応は名が知れてるし、オフィスであるこのビルも持ちビルで、名前の前には一応㈱がつく程度には大きい会社だ。

俺はそこで編集の仕事をしていた。

絵描きになりたくて美大に進んだが、『イラスト』一本で食っていける自信もなく、結局未練半分でここに就職してからもうずいぶん経つ。なり損ないクリエーターとでも言ったところか。

後悔がゼロとは言わないが、それなりに現状には満足しているつもりだ。自分だけができる仕事ってヤツを模索しながら、それでもやっぱりサラリーマンの一種に分類されてしまうのは少しつまらないとは思うけれど、仕事は嫌いじゃない。

ちなみに恋人の佐原は、まだ『先生』と呼ばれるには少し名声が足りないイラストレーターとしてここに所属している絵描き。俺が持ち込む仕事を柔順にこなしている。

今はまだいい。

俺はいつでも自分が優位に立ちたいと思うような人間だから、あいつが俺の回す仕事で何とか食いつないでいるのは気分がよかった。

けれどそれもきっと長くは続かないだろう。

俺が惚れるだけあって、あいつには評価されるだけの実力がある。

何かのきっかけでブレイクしてしまったら、スタジオの抱えてる食い詰め作家の一人と心優しい編集の関係は崩れ、大先生と一介のサラリーマンになってしまう。

それは微かな恐怖を俺にもたらしていた。

自分が佐原に頭を下げなきゃならない日が来るなんて、考えたくもない。

だから、あいつがデカクなる前に、自分ももっといい場所へ行かなけりゃ。上位のキープが無理ならせめて同等。己の心の中だけでもいいから胸を張れる立場になりたい。

それが最近俺の中で頭をもたげてきた微かな出世欲だった。

だから新しいその仕事が回って来た時、受けるかどうか一瞬迷ってしまった。

「新人…ですか？」

実質編集長という立場にある制作部の副部長の村山《むらやま》を前に、俺は今一度聞き返した。

「そう、ズブの素人に近い新人だそうだ」

くわえタバコの村山はこれが地顔なのか苦虫を噛み潰したような渋面で目の前の紙の束に視線を送っている。ざわつく編集部、一番奥のこの机に呼ばれるということは新しい命令が下るということ。

食事に出ようとしていたのに、ダミ声は遠くから俺をここへ呼びつけた。

「でも成田壱也《なりたいちや》の初エッセイ集でしょう？」

近くの椅子でも引っ張って座ろうかとも思ったが、腰をおろすと長くなりそうなので敢えて彼の隣に立ったまま話をする。

「ああ」

「成田さんなら推理小説で結構売れてるんだから、ウチの社としてもそれなりにテコ入れはするんじゃないですか？」

「まあな」

「それならもう少し名前のあるレーター探した方が…」

村山の節くれだった指がその紙束の中から一枚を抜き出してこっちへ回す。俺は彼の示した紙をのぞき込んだ。

「相手さんの御指名だ。こいつでなけりゃダメなんだと」

それは手書きの地図と住所が記されたＦＡＸ。発信人の名前は『ナリタイチヤ』となってる。先生自らそんなものまで送って来たのか。

「ついでに言うなら、お前が担当するってのはそのイラストレーターの御指名だとさ。えらく有名になったもんだな」

指名ねえ…。

そんなことされる心当たりはないと思うんだが。

心が揺れる仕事。

新人を新たに抱え込むのは面倒くさい。ましてや絵を見たこともない作家は性格を読んだり絵の色をつかんだりしながらガイドしてやらなきゃならないから手間がかかりそう。しめ切りを守るタイプか破るタイプか、それだけでも告げるしめ切り日が変わるのだ。イラストのタイプによってデザイナーやレイアウターをチョイスしなきゃならないし。

「本当にどこでも仕事してない人なんですか？」

でも新進の推理作家の仕事は畑違いでも旨みがありそう。オマケに俺様を御指名とは何だかいわくつきっぽくて悪くない。

「らしい。もっとも、本人も仕事回して来た出版社の人間も彼を使うことに宣伝効果は絶対あると保証はしてたけどな」

「素人使って宣伝効果ねえ…。いったいどんな効果なんです？」

「行きゃあわかるだろ」

ごもっともで。

「電話は江川《えがわ》がかけといたから、二時にそこへ行ってくれ」

「断る余地ナシってことですね、その言い方だと」

「断りたいのか？」

「ってワケじゃないですけど」

「はなっから命令されるのは好かん、か」

こっちの心を見透かしたようにニヤッと笑う。だがそんな表情でビビッたのは最初の一年だけだ。

「言えるほど立場がよければそんなことも言うかもしれません」

今ではそう切り返して反対に微笑むこともできる。

「だが言えるほどの立場じゃないよな。それにこの間の江角《えすみ》さんのイラスト集は全部終わったんだろ？」

「ええ、後は原稿戻しに行くだけですよ」

「あれはいい仕事だった」

何も知らない上司はそこでにっこりと笑った。

「どうも」

まあつき合いもない有名イラストレーターの画集を俺が個人で取って来たんだから褒められて当然だろう。もっとも、その裏では彼が俺の先輩であるとか、色恋のゴタゴタとか、いろいろあったのだが…。

「どうする、誰か他のヤツに回してほしいか？」

こちらの意志を確認するようにもう一度村山さんが聞く。

もちろん、一介のサラリーマンに取捨選択の自由なんかありはしないから俺はうなずいた。

「いや。いいですよ、やります。喜んでやらせていただきます。その代わりと言っちゃ何ですが、旅行雑学の本のイラスト集めは他に回してもらえますか？」

せめてもの駆け引き。

「面倒くさがりめ、まあいいだろう。石川《いしかわ》辺りに回しとけ」

交渉はあっさりと成立。

一山いくらの絵描き達にワンカット500円くらいの安いが数をこなす仕事を回す。発行部数も一万そこそこの大して面白くもないその仕事を、あんまりやりたくなかったのだ。

それから逃れる口実ができただけでもよしとしよう。

「わかりました。じゃあメシ食ったらそのまま行きます」

ぺらぺらの紙を指先だけでつまみ上げひらひらと振る。

「ああ、そうそう。成田さんから一言あってな。本が出るまでこのイラストレーターのことは他言無用だとさ」

興味が湧くセリフ満載の仕事だな。

「…御大層な」

これは案外楽しめるかも。

「何でも言うこと聞いてやるさ。その程度のことなら」

「はいはい。じゃあ貝のように口を閉じときます。それじゃ」

頭を一つ下げてその場を離れる。

これが自分の出世に繋がるとはあんまり思いがたいのだが、履歴の一つにはなるだろう。イラストレーターはいざ知らず成田壱也にはそれなりのネームバリューがあるから。

取り敢えず成田先生の新作でも目を通して話題でも用意しておくか。本人からのプッシュがあったってことは知り合いなんだろうから。

「願わくば、箸か棒には引っかかってくれる画力がありますように、だな」

自分の席に戻りＦＡＸをファイルに挟むと、俺は今度こそ鳴り出している腹の虫を治めるために、近所にできたイタリアンレストランへ向かった。


幸先がいいってのはあると思う。

何かを始めようと思っている時に、その前にしたことがいいと後に続くこともいいような気がするじゃないか。特に俺はよかった時だけはそう思うことにしている。

昼飯を食いに行ったイタリアンレストランは満足のいくものだった。

ランチセットだというのについていたオードブル代わりの牡蛎のオリーブオイル焼きが特に気に入った。もしガーリックが乗ってなかったら、もう一つ注文したいくらいだった。

だがこれから人に会うのにそんなわけにはいかないだろう。

以前、歯科医の友人に聞いたことがあるが、ああいう無味乾燥な空間で人に密着する職業の人間は週末にしか餃子が食えないらしい。

それほど注意しなけりゃならない職業ではないのだが、それなりに気を遣うということで食後のコーヒーにはミルクをたっぷり入れたのだが、これもまた美味かった。

そんなわけで、件《くだん》の新人イラストレーターの家へ向かう車の中、ハンドルを握る俺の気分はしごくよいものだった。

ＦＡＸに書かれていた住所だとアパートやマンションではなく一戸建のようだが、家族との同居なのだろうか。年はいくつなのだろう。確か成田壱也は三十そこその男だと思ったが、彼と同年配だと自分より上ということになるからやりにくい。

自分が元絵描きだという気持ちがどこかにあるからか、絵がヘタだと思うヤツに頭を下げるのが嫌いなのだ。若いヤツならそれでも事務的にできるが、無駄に年をとってるようなタイプはプライドだけ高いと来てるから始末におえない。ましてや有名作家の友人がいたりすると変にカサに着るようなのもいるかもしれない。

食事をするまではそんな悪い考えも浮かんでいたのだが、今は上機嫌。もしかしたら十代の柔順なタイプかもしれないし、絵だってこんなところで埋もれさせておくのはもったいないと思うような掘り出しものかもしれないじゃないか、と思うようになっていた。

「二丁目のバイク屋の角を入って三軒目の白い壁か」

庭付きの家が並びアパートの影はない。住宅街でも悪くない方であろう町並み。

目印のバイク屋も小さいけれど輸入物を扱ってるらしくチョッパーが飾ってある。

「…何だか予想と違うな」

そんな中に現れたのは、大きいというほどではないかもしれないが、小さいとは呼べない新築の家。そのうえ駐車場には、めったに見れないレモン・イエローの車ときてる。

いぶかしみながらぴったりと壁に寄せて止める車。

降りてすぐに駆け寄り確かめた表札の名前は『睦月《むつき》』、確かにここだ。珍しい苗字だからそうそうあるもんじゃないだろう。

「やっぱ、家族持ちのオッサンかな…」

でもまだそのオッサンの性格が悪いと決まったわけじゃないから、気を取り直して鉄柵の門扉を開けて三つばかりの敷石を踏んで玄関のチャイムを押す。

意外なことに、インターフォンから聞こえて来たのは明るい青年の声だった。

『はい、どなた』

弟？　息子？　本人？

「お約束していた『スタジオ玉兎』の者ですが…」

『うわー…来ちゃったか』

何だこの反応は。

『あ、玄関開いてますからどうぞ』

「…失礼します」

取っ手型のドアノブを下げて扉を開ける。

奥へ続く廊下、吹き抜けの階段とその踊り場に大きく切り取られたはめ殺しの窓。物は少なくまるでモデルルームのような家。

その奥から恐らく先程の声の主であろう長身の男がスリッパの音も高らかに駆け込んで来た。

「あ、いらっしゃい」

長い髪をぎゅっと後ろに結んでるせいで際立つ顔はにっこりと笑うと目が印象的で、少し子供っぽい表情を作るが、年は俺と同じくらいだろう。まあハンサムだな。

「睦月冬士《とうじ》さんですか？　『スタジオ玉兎』の中井と申します」

相手は値踏みするように俺を上から下まで見回した。それからまたにっこりと笑い、歓迎とは思いがたいセリフで差し招いた。

「どうぞ上がってください。でも取り敢えずまだ名乗らないでいただけます？」

…何なんだ。

「はあ」

言われた通り靴を脱いで上がり込む。廊下をついて歩くと、リビングには先客がいた。なるほど、他人には内緒にしておきたいとか言ってたな。それで『まだ』なのか。

ソファに座った先客は、こちらに向かって軽く会釈をした。年配の男性でスーツが似合う。どこか同業者っぽい感じがするのは彼の横に置いてある大きな厚みのある茶封筒のせいだろう。

「じゃ、お友達がいらしたみたいですから、私はこれで」

彼がその封筒を持ち上げた時、つい気になってプリントされてる社名に目を走らせる。

「すいませんね、わざわざ来ていただいたのに」

陽光社？　かなり大手の出版社だな。

「しめ切りさえ守っていただけるんならいつだって取りに参りますよ。あとがきの枚数としめ切りは後でＦＡＸしますから」

ひょっとして、既存の作家がペンネームを変えて描くってやつかな？

「はい」

「それじゃ後編の方もよろしくお願いしますよ、諫早《いさはや》先生。今度こそしめ切り守って、ね」

「はいはい。頑張ります」

『諫早』？　どこかで聞いたことが…。彼は睦月氏本人じゃないのか。後編ってことはイラストレーターじゃないのか。ひょっとして睦月氏の同居人か。

来客はこちらに軽く会釈してそのまま部屋を出て行った。

目の前の男は俺にソファをすすめると、そのまま男を送るために一緒に玄関へ消えた。後ろから見ると髪の長さが思ったよりも長いのがちょっと意外だった。肩程度かと思ったから、縛ってあの長さなら胸くらいはあるだろう。

他人の体温の残る椅子は気持ちが悪くて嫌いだ。だからわざと男が座っていたのとは少しズレた場所に腰を下ろす。

吸い殻の入った灰皿を見て、喫煙の許可を確認しタバコに火を点ける。

暖色で統一されたカーテンとカーペット、ソファは明るいオレンジ、テーブルは硬質ガラス。飾り棚は木目調で中身は空っぽに見えない程度何かが入っている。新しいせいなのだろうか、どう見てもやっぱりモデルハウスという印象が拭えない。

玄関先での短いやりとりがくぐもって響き、しばらくするとさっきの男が戻って来た。

「すいません、一服させてもらってます」

「ああどうぞ。今お茶でも出しますよ」

「いや、おかまいなく」

社交辞令だ。

愛想はいいな。性格も悪くなさそうだ。彼が本人でも友人でも、やっぱりさほど悪いようにはならない気がする。

彼は先客の飲み残しをキッチンに持ってゆくと、すぐにコーヒーを入れて来た。

さっき美味いコーヒーを飲んだばかりだから喉は渇いていないのだが、取り敢えず軽く礼を言って口だけつける。味はどうもインスタントっぽかった。

「睦月さんは…」

まずは本人確認。問いかけると彼は自分を指さして名乗った。

「あ、俺が睦月です」

「今の方は諫早さんとお呼びになってたようですが」

「それ、ペンネームなんです」

やっぱり。

「絵のお仕事を？」

「いえ、文章の方を少し」

「差し支えなければそちらのお名前も伺ってよろしいですか？」

「いいですよ、どうせすぐバレるから。『諫早雨音《あまね》』ってクサイ名前で小説書いてます」

彼はその名前が恥ずかしいのか、ちょっと鼻の頭を掻くような仕草を見せた。

「諫早雨音…」

どこかで聞いたことが…あるどころじゃないじゃないか。

俺の頭の中に、来る前に見た本屋の棚が浮かんだ。

「ひょっとして推理作家の諫早さんですか？」

「はい、まあ」

なるほど、それなら成田壱也が紹介するはずだ。

諫早雨音と言えば、トリックの成田とキャラクターの諫早と呼ばれ人気を二分する著名な作家だ。

デビュー作が学生時代のものと聞いていたがこれほど若いとは思わなかった。

「これはすごい。諫早先生が絵を描けるとは思いませんでしたよ」

天は二物を与えた、か。多少の羨望も交えた、それでも率直な称賛だったのだが相手は大きく首を横に振った。

「とんでもない。全然ダメです」

「しかし、今回は成田先生のイラストを、というお話ですよね」

「まあなりゆきで…」

彼の顔から笑顔が消えひどく困ったという表情になる。

「なりゆき？」

「酒の上での賭け事みたいなもんです。ほら、成田先生って数学的な文章書く人でしょう。まるで論文みたいに。だから以前ジョークで『あなたがエッセイを出す日が来たら、俺が絵をつけてあげますよ』って約束しちゃったんです。そしたらズルイことにあの人『トリック』のエッセイ出すっていうじゃないですか」

「ええ、そうです。古典小説のトリックとその時代の生活様式という内容ですね」

「そんなのエッセイじゃない、論文だって頑張ったんですけど、いかんせん成田さんのが年上だから逆らえなくて。しかもその時悪ふざけで録ってたテープまで持ち出されちゃって」

「はあ…」

それだけのことで決められるのか？

ってことはまさか…。

「諫早先生、今までにお描きになった絵か何かお持ちですか？　よろしければちょっと拝見したいと…」

彼は俺の言葉に深いタメ息をついた。

「睦月でいいですよ、おたくと小説の仕事するわけじゃないですから。でも見ない方がいいと思いますけどね」

言いながら立ち上がり、飾り棚の上にあるスケッチブックを取って差し出す。いやが上にも不安を募らせる『お子様らくがき帳』のような外観に、俺は恐る恐るめくって中を見た。

　白い紙の真ん中、クレヨンかパステルで描いてあるみかんが最初の一枚目。

「可愛いみかんじゃないですか」

　稚拙な絵に対して精一杯の褒め言葉。だがそれは役に立たなかった。

「それ、柿です」

　二枚目はクマか？　いや、それとも犬？　猫？　危険を感じてそれに対するコメントは差し控え次をめくる。次はわかるぞ、これはどう見てもチューリップだ。幼稚園児にも描けるような手法で描いてあるが……。

　絵はスケッチブックの途中まで続いていた。

　だがハッキリ言おう、これはイラストなんてものじゃない。モチーフの正体がわかるのは単純な線のものだけ、少しでも複雑なものを描こうとすると途端に前衛的なシルエットになってしまう。しかも断言してもいい、この人は画材を学校の美術の時間の終了と共に二度と触れなかったタイプだと。

「…すごいでしょ？」

　本人にも自覚があるのか、彼は己を揶揄するように呟いた。

「俺もね、使い物にならないことを証明するために恥をしのんでこのスケッチブック持って成田さんに見せに行ったんですよ」

「それで…?」

「『何とかなる、とにかく約束を果たせ』の一点張りで」

なるのか、ホントに。いや、今はイラストにもヘタウマってジャンルがあるくらいだからその路線を狙えばもしかしたら…。にしても成田という男は何かの意趣返しのためにだけ彼を選んだんじゃないか? ネームバリューがあればこの絵でも何とかなるのかもしれないが、俺なら自分の文章の横にこんな絵を置かれたくはないぞ。

「それで仕方ないから中井さんを指名したんです」

思っていなかったところで出される自分の名前に顔を上げる。そうだ失念していたが、この仕事はイラストレーターから俺のご指名があったんだっけ。

「私、ですか?」

だがその理由はすぐに知れた。

「ええ、ある人から『玉兎』さんには絵の上手い編集さんがいるって聞いて、その方なら何とかしてくれるんじゃないかと思って」

「『何とか』と言うと、絵を教えるってことですか?」

「それもあるんですけどね、実は俺と一緒にイラストを描かないかと思って」

「イラストを描く？」

睦月さんはコクリとうなずいた。

「成田さんが何が何でも俺の絵を所望なら約束ですから俺も覚悟は決めますよ。でもさすがにこんな絵ばっかり載ってちゃ本の質が落ちるでしょう。そこで悪い誘いなんです。編集部には『俺の友人』ってことにして伏せておきますから、イラスト共著ってことで三分の二、いえ、せめて半分でも中井さんに描いてもらえないでしょうか」

イラストの仕事…。

「もちろん、ペンネーム使っていいですし、原稿料はいったん俺のところに振り込んでから謝礼ってことで手渡しします。そうすれば税金からもバレないでしょう」

しかも著名作家のエッセイ集の。

「それでもまずかったら旅行とか品物とかで払ってもいいし」

これ、いくつ刷るって言ってた？　初版で五万は割らないって言ってたよな。

「本音を言えば、表紙だけでもいいんです。店頭にこの自分の絵が並ぶかと思うとゾッとしなくて、それだけは避けたいんですよ。お願いします、中井さん」

ぐらぐらする。

「俺を助けると思って」

心が揺れる。

「しかしそれなら他の絵描きに頼まれても」

自己顕示欲の強い自分の、捨て切れなかった夢への未練が、『誰にも内緒で』って確約つきで目の前に突然ぶら下がった。

「あの人、成田さんのことですけど既存の絵描きじゃ嫌だって言うし、俺もこう言っては中井さんに失礼ですけれど、名前が通った方と並べるには上手い下手の問題じゃなくつらいところがあるんですよ。上手くても名前が通ってない人と、下手で名前がついてるの、これでやっと何とか五分五分って感じじゃないですか」

たった一冊でもいい、自分の絵が出版物になるというのはすべての物書きの最低限の夢だろう。そのチャンスがあれば、誰だって誘惑されてしまうだろう。

「はあ。でもまだ睦月先生は私の絵をご覧になってませんからそんなことを…」

最後の理性でそう言いながらも、俺の心は答えを出しかかっていた。

いや、理性じゃない、今すぐ『イエス』と言うのにはプライドがなさ過ぎるという自尊心のなせるわざだろう。

「じゃあ一度見せていただけます?」

描きたい。

「それはかまいませんが…。一応上司とも相談してみませんと」

チャンスをものにしたい。

「じゃあ詳しい話はそれからってことにしましょうよ。それと俺、画材ってサクラくれよん十二色しか持ってないんです。だから、申し訳ないんですがまずその辺りから御指南いただけるとありがたいんですが」

何もなければ我慢できる欲が、近くに獲物が下がった途端頭をもたげてる。

「わかりました、まず最初は画材とその使い方をお教えしましょう。正直言って、失礼ながら色塗りよりデッサンの練習のが先ですね」

胸が鳴る。

心が騒ぐ。

だがそれをひた隠しに隠しつつ、俺は編集としての事務的なセリフを続けた。

「下絵用のエンピツと紙を用意して、簡単な物を描いてみましょう。適性を見たいのでちゃんとした画材は今度こちらで用意します。それを使ってみて一番いいものを購入しましょう」

「適性?」

「水彩かパステルかアクリルかペン画かマーカーか。画材によって描きやすい、にくいがありますから。何か希望はありますか?」

「その違いがわかると思います？　今の俺で。何でもヘタなのが隠せるものなら」

「じゃあ一応全部やってみましょう」

どこか、できすぎのような不安を覚えながらもそれを凌駕する期待。

悪くない仕事だったじゃないか。相手も素直だし、こんな意外な贈り物も用意されてたし。やっぱり『幸先がいい』ってことはあるもんなんだ。

これで、自分にも心の拠り所ができる。自分の思いを昇華させることができる。

この時の俺はそんな気持ちでいっぱいだった。


悟るわけではないけれど、人生ってものはいいことがあれば悪いことがある。浮かれてばかりいると足を踏み外すこともあるのだと知っている。

けれど、今の自分にはこの幸福のしっぺ返しが近寄る気配はないように思えた。

睦月さんのところへ足を運んだ翌日、会社の会議に出てから車に乗り、ドライブスルーで飯を食った後佐原のアパートへ向かう。

画材や本を何とかするとは言ったけれど、画材はともかく参考書や専門書などはこの道を諦めた時すべて実家に送り返してしまったから、ヤツに借りようと思ってのことだ。仕事ついでに恋人の顔を見に行く。あわよくば『楽しい一時』ってヤツを楽しむ。そんな気持ちもないではないが、会社のホワイトボードには『資料借り回り』と書いて来た。

近くに居過ぎると、自分の方が弱くなってしまいそうだからべったりくっついた後にはしばらく間をおくようにしている。今はその間をおいている最中だったから、ちょうどいい口実だろう。

慣れた足取りで向かう、新進気鋭の作家の家と違って相変わらず風情のあり過ぎるアパート。

ドアをノックするとこちらも相変わらずの眠そうな佐原の顔が出迎えた。

「中井サン」

少し舌が短いんじゃないかと思える独特の呼び方。

「悪ぃな、寝てたか?」

返事の代わりにボサボサの頭が上下に揺れる。だろうな、Tシャツにスウェットのパンツなんて格好じゃ。

この髪型を何とかするだけでももっと男前は上がるだろうが、俺は切れとは言わない。

独占欲が強いから、自分以外の人間がこいつに注目するのが嫌なのだ。佐原のいいところを知るのは、どんな些細なことであっても自分一人だけにしておきたい。

「入っていいか？」

聞くまでもないのに聞いてみる。

「仕事？」

返事がなくても気にしないでさっさと靴を脱ぐ。こいつが俺を拒まないと確信があるから。

「いや、ちょっと用事」

「でも今日平日」

「お前の仕事じゃないけど他の仕事が絡んでるからいいんだ」

体を避けて中へ招く佐原の横を抜けて部屋に入る。狭いキッチンを抜けて部屋へ入ると少し模様替えをした跡が見られた。

そういうことにマメな方とは思わなかったが、気分転換かな。

「綺麗になってるじゃないか」

「暇だったから」

まあその程度だろう。

「模様替えもいいが、少し空気の入れ替えくらいしろよ」

カーテンを閉めたままの奥の部屋まで入ると、そこにあるベッドには布団が佐原の抜け殻の形で空洞を作っていた。

「…本当に今起きたばっかりだったんだな」

足音もたてず近づく気配。

高い体温が背後から抱き着く。

いつもはさして熱い方じゃないのに。これもまた寝起きのせいだろう、気持ちいい。

だるそうに肩に乗った頭に顔を寄せるとほのかにシャンプーの香りがした。

「寝る前に風呂入ったのか」

これも返事の代わりに頭が動く。

「何懐いてんだよ」

「予想してなかった時に中井サンが来ると嬉しい」

「可愛いこと言うじゃねぇか」

「本音」

するっと伸びる腕が俺の腰に回る。

「スーツに皺ができる」

「じゃ脱いで」

率直な言葉に笑みが漏れる。

「サカッてんな」

気持ちいい。

それは密着する高い体温のせいではなく、自分が惚れてる男が自分を求めて来るからだ。

少し子供っぽいところがある佐原は感情に素直。読み取りにくいところもあるが、小細工や世辞のできないタイプ。

だからこうしてからみつく腕はいつも真実とわかる。

「少し離れろよ」

ＯＫの返事の代わりに少し透き間を作った佐原の腕の中、ネクタイを外しスーツの上を脱いで畳の上に落とす。

「大した時間は取れないぞ」

ワイシャツのボタンを外すと、不器用な手がもそもそと手伝った。

「入れていい？」

手伝うというより我慢できないってとこかも。ズボンの中からシャツの裾を引っ張り出すと、手はすぐにファスナーを下ろす方へ向かってしまったから。

「ダメだ。この後会社に戻るから」

大したものでもないのに、立ったままだからその接触にゾクッとする。顔が見えないままに受ける愛撫ってのはスリリングな感じがするもんなのだろうか。

「週末は？　今週は暇？」

「新しい仕事が入ってるから忙しいんだ」

「江角？」

佐原がその名を嫌そうに言うのはワケがある。

江角　剛《つよし》という男は、俺の以前のセックスフレンドだったのだ。大学の先輩で、俺好みのハンサムで金と名声と実力のあるイラストレーター。その上俺と佐原がこういう仲だとわかっても隙があればまたちょっかいかけると言い放っていたのだ。

それが心配なのだろう。

「違うよ」

笑いながら俺は否定した。

「江角さんには仕事でまた会うけど、原稿返しに行くだけだ。新しい仕事は…ちょっと新人の面倒見ることになってな」

「新人？」

「ああ。ズブの素人なんで少し絵の基本を教えることになってんだ。それで本を…」

話してる最中だと言うのに、もっさりとした男は危ない場所に手を滑らせる。

「本?」

首が伸びて、整った綺麗な顔が頬に唇を寄せる。

「…ああ。『優しい水彩画』みたいなの…持ってないか」

熱い息遣いが首筋に当たった。

「学生時代の教科書なら」

「それでいい。後で…見せろ」

ワイシャツを脱ぎズボンを落とすと待ち兼ねていた男は狭いベッドに俺を押し倒した。

体の下で佐原の作った布団の空洞が潰れる。

まだ温もりの残っている場所は巣穴のようで、微かに佐原の匂いがした。

「焦るなよ」

忙しないキス。

「逃げるわけじゃねぇんだから」

臆することなく貪る舌。

手のひらが肌の感触を確かめながら満遍なく全身をまさぐる。

恋人同士が会うのには身体を重ねるだけでなく互いの生活や悩みの話をするためというのもあるだろう。けれどこの無口な男との逢瀬はいつもこうだ。

流されてるわけじゃなく、これが一番したいことで、大切なことだと思うから。

まあそれに、この単純な頭の男に会社勤めの難しさを相談したって何も得るものなんかないだろうし。

そう言えば、俺達のつき合いのほとんどは大学の短い時間だけだった。それも互いのアパートを行き来するだけ。だから俺はこいつの親兄弟も知らないし、こいつも俺の私生活を知ることはないだろう。

本当に『今』だけがすべてのつき合いなんだな。

「中井サンがあいつと会うの、イヤだ」

胸にキスを降らせながら拗ねた子供が呟く。

佐原が言ってる『あいつ』というのが誰なのかは聞かなくてもわかる。

「仕事なんだから仕方ねぇだろ」

「仕事以外で会わないでほしい」

嫉妬されるのは嫌いじゃない。だが束縛されるのは嫌い。

だから別に会う予定があるわけじゃないのに、少し意地悪な返事をする。

「わかんねぇな。誘われれば食事くらいはするよ」

途端に優しかった唇が痛みを与える。それがキスマークをつけたせいだとわかるから、軽く頭を叩いた。

「跡つけるなよ」

服に隠れる場所とは言え、情事の跡を残すのはスマートじゃなくて嫌いだと言ってあるのに。

「意地が悪いからだ」

「当たり前だろ。あの人は先輩なんだし仕事柄つき合いを切るわけにいかないんだから」

「他の人に担当代わってもらえばいいのに」

「それじゃあ、あの人が仕事くんないだろ」

その考えはたぶん自惚れではないだろう。しがらみがなければ動いてくれる人とは思えない。

「俺は会ってほしくない。『頼むから』あいつとこういうことしないでほしい」

珍しいほどのこだわり方だ。

「何でそんなに言うんだよ」

「…嫌いだから」

「ガキ」

軽く言ったつもりだったのだがぶすっとした空気のまま、佐原は黙り込んだ。

その代わり手は急に動きを早め、肉づきのあまりよくない俺の身体を摩る。

イイトコロを知り尽くした指が脇腹の上の方を掠めるように触れると、またあまり張り出していない腰骨を撫でた。

キスはもう跡を残すことはせずにおとなしく下へ、より敏感な場所へ。

「ん…」

勃ち上がりかけたモノの先端を濡らす舌。

最初はぺろりとやるだけ、次には根元からじっくりと。力を入れてる柔らかな感触は執拗なほど何度もそこだけを湿らせる。

「あ…」

声をあげると、相手は応えて軽く歯を当てた。

「ん…っ…」

それがまた新しい刺激となって声を生む。

指先に触れる柔らかい髪をつかんで引き寄せるようにそこへ押しつけると、舌は引っ込んで代わりに口腔すべてが自分を包んだ。

俺の態度への怒りを執拗な愛撫に変えているかのように、丁寧に煽る。

熱い。

「後ろも…」

リクエストを受けて蠢く指が固い入り口を探った。

足を開いて迎え入れてやるが、躾の行き届いた恋人は無理をせず俺だけを喜ばせるために指と口を動かし続けた。それともこれも彼なりの苛めなのか。

「あ…」

中で蠢く指と呼応する舌。

自分でもどうにもならない痙攣が何度も襲う。

「おまえのも後で…してやるよ」

悪くない。

ちょっとヤキモチ妬きの愛しい恋人。

自分だけを強く求めて行うセックス。

回って来た仕事も悪くなかったし、美味しいオマケもついている。

落とし穴の予感なんて微塵もない。このまま何もかもが上手くいけばいい。大層な望みを抱いてるわけじゃないのだから、きっと大丈夫さ。

恋人と仕事とプライドと、それが上手くミックスされて与えられる満足な日々。

人生は上々だ。

俺はひどく機嫌のいい日々を過ごしていた。

少なくとも、この時までは。

「真面目、か…」

日曜日。

アパートの、さして広くもない部屋いっぱいに広げた画材を前に俺はタメ息をついた。

真面目に絵を描くなんて、何年ぶりだろう。

佐原や江角と再会してから押し入れの奥に押し込んでおいた画材を出し、何となく暇になるとちょこちょこと描き始めてはいた。

睦月に見せた絵もそうして描いたもののうちの何枚かだ。

誰に見せるわけでもない絵を他人に見せるには心が引けたが、どうせダメ元なんだしわざわざ描いたと思われるのもシャクだからそれを持って行った。

だが睦月は習作のそれらをひどく喜んで見てくれ、照れくさい称賛をくれた。

「すごい…。上手いとは聞いてましたけど、本当ですね。どうしてプロにならなかったんですか?」

お世辞とわかっていても面はゆい。

「この程度じゃ仕事はできないってことですよ」

「…俺みたいなヘタな人間が金もらって絵を発表するなんておこがましいですよね。ましてや一緒に載るなんて」

「悪い言い方かもしれませんが、仕事ってのはその部分の実力だけじゃないってのもあります。運とか、他の方面でのネームバリューとかね。睦月さんの絵は『諫早先生の絵』というだけでも充分価値があるんです。それはもちろん睦月さんの『小説家』としての実力が転化したものだから全然能力がないってものとも違うんですよ」

「そう言っていただけると…」

若いうちから名が売れてるわりには応対のいい人間だった。

「でもやっぱりいいですよねえ。俺、昔っから絵がヘタで、高校の選択は美術じゃなく書道にしたんですよ。これだけ描ければもう少し絵を描くのも好きになったんでしょうけどねえ」

聞いてみると、俺と同じ齢とのこと。無表情で無口な佐原を見ているせいか、この年代でこれほど素直に感情を表すのに好感も抱いた。

俺よりは体格はいいがスレンダーな身体にいつも笑ってる顔。

長い髪が少し芸術家っぽい。

「俺ねえ、猫の絵とか描きたかったんですよ。でも俺が描くと犬も猫も一緒でしょう。大学の時一週間くらい努力してみてやめました」

「お描きになったんですか?」

「だからダメだったんです。もう何が何だか」

スケッチブックの絵を思い出した俺は黙ってうなずくしかできない。確かにこの人の絵だったら『何が何だか』だろう。

けれど彼のくったくのない話し方は嫌いじゃない。仕事を抜いても、つき合えるかもしれないと思わせるものがある。

「そうだ、中井さん、もしよかったらそのうち一枚描いてくれませんか、走り描きでもいいですから。そしたら俺、額入れて飾りますよ」

だからつい、あんなことを言ってしまったのだ。

「…いいですよ、今度来る時に何か描いてきますよ」

「本当ですか、そりゃ嬉しい」

つくづく、俺ってば『褒められる』ってことに弱いんだろうな。佐原にもカワセミの絵を褒められてあいつの印象を変えた覚えがある。

安請け合いをした結果がこれだ。

せっかくの休みの日、遅い朝食を終えてから絵描きの真似事。使いさしのスケッチブックを開いて睨めっこ。

「猫なんてあんま描かねえもんなあ」

とは言え、誰かが待っていてくれる絵を描くというのは気分の悪いものではない。

近所の猫でもモデルにして、と思ったのだがそうそう簡単に猫が見つかるわけもなく、見つけてもこちらが絵を描くまでおとなしくしているわけもない。仕方なく資料用に買って来た猫の写真集を広げてクロッキー。

描いては消し、描いては破り。

お世辞だって思ってはいる。だが『額に入れて』なんて言われては納得のいかないものを渡す気にはなれない。

だから頑張ってはみるのだが、獣ってのは骨格とか筋肉とか面倒で思ったように簡単にちょいちょいっというわけにはいかない。ブランクも長かったしなあ。絵ってのは描かずにいるとヘタになるって言葉を実感した。

昼をまたいで、何とか形になる下絵ができたのは午後も遅い時間だった。

「一服すっかな」

固まった膝を伸ばして立ち上がると背中が鳴る。

肘の辺りをつまんで袖を上げ、肩を回してほぐす。

目につくところに食べ物がないから、取り敢えずキッチンで湯を沸かした。

絵を描くことに、こんなに懸命になってしまうなんて自分でも意外だった。

大学を卒業し、不安定な職業に進むだけの自信がなくてこの道を断念した時、すっかり諦めて忘れたと思っていたのに。

イラストレーターとしてまがりなりにも食っていってる佐原や、トップとして活動している江角を見ていて火が点いたのだろうか。

違うな。

彼等に軽い嫉妬は覚えていたけれど、絵に対する情熱ってものはこれほど再燃はしなかった。言うなれば好奇心に近いものがふっと掠めただけだ。

そう、『俺もまたちょっとやってみっかな』って程度の。

背中を丸めた前傾姿勢のまま、一つのことに集中するほど熱中した理由は『リアル』だ。

学生時代もそうだった。

授業のない時は大してリキ入れて絵を上げることはなかったけれど、課題の提出とか、優秀作品は展示とかいう餌がブラ下がると頑張った。

結果のない努力を嫌う、浮ついた人間だったから。

何でも、日々の練習の積み重ねってヤツが大切なのはわかっていた。でも俺には『そこそこの才能』があった。

その『そこそこ』ってのがミソなのだ。

努力しなくても、ある程度の評価が得られるのならば特に額に汗などしなくてもいいじゃないか。汗を流して、必死に努力するのは『イザ』って時でいい。『イザ』って時が来たら死ぬ気でやるんだから。

しょせんは持久力と集中力が足りない。だから仕事を得る確証がないままに『絵描き』の仕事を選べなかった。

だが今は『リアル』な結果がある。

頑張って、描いた先には『本に載る』という結果が待っている。

だからこんなにも本気になってるのだ。

「我ながらあさましいってことかな」

湯が沸いたことを知らせる高い音を聞いてガスを止める。

棚から取り出したカップに最近気に入っているインスタントのカフェ・オ・レの粉を入れ、お湯を注ぐ。

いい香りだ。空腹を感じていないでもなかったが、作るのも面倒だ。もう少ししたらどっかに食いにでも行くか。

　そんなことを思いながらカップに口をつけると、コーヒーの苦みを包むようなミルクの味と甘みが広がった。

「あさましくても……」

　シンクに寄りかかってもう一口。

「……楽しいことはやっぱり楽しい、か」

　空腹を忘れるほど、描き始めれば楽しかった。

　せっかくの日曜を潰しても、佐原とのデートを潰しても、熱中してしまうほど描くことが好きだと再認識してしまった。

　白い紙に、ただ線を引くだけ。線で囲った空間に色を置くだけ。

　そんな単純な作業にどうしてこんなに心を惹かれるのか。

　何もない空間に、自分だけの感性でものを作り上げる。自分以外の人間には作れない世界を築き上げる。

　上手かろうか、上手くなかろうが、ただ一つのものを。

　サラリーマンの今の生活に不満があるわけでもない。描かないことを決めたのは自分で、それを後悔しているわけでもない。

それでも、やっぱり絵を描くことは『好き』なのだ。

「くっせぇな…」

自分には似合わない純粋な気持ちに苦笑する。

結果が出なきゃ動きもしないのに、何が『純粋』だ。

今の今まで忘れてたのに、何が『好き』だ。

そう斜に構えても、でき上がった下絵にどんな色をつけるかを考えると口の端に笑みが零れる。

たぶん、何の趣味もない、やりたいことの何一つない人間よりは自分は幸せだろう。

命をかけるほどのことはなくとも、すべてをなくして一人でいる時に、何かすることを思いつける自分は幸福だろう。

離れてもなお、『好き』だと思うからこそ片手間にやりたくなくて、すべてを押し入れの奥にしまいこんでいた。

まるで佐原との恋にも似ている。

あれとも、片手間に恋愛する気になれなくて、それくらいならと思って離れてしまった。

結局、俺ってヤツは惚れこんだものから一度は離れたがるクセがあるみたいだ。臆病で、カッコつけが激しいから。

「さて…、この仕事の話をどうするかな…」

先日の習作は合格だったらしく、表紙を含め半分近いイラストを俺が描くことに決まった。

先方の成田氏には睦月さんが了承を取ってくれ、『担当からもアレはマズイですよって言われてたからな』という氏の言葉を伝えて来た。

ウチの部長も先方からの依頼なら仕方がない、ペンネームを使うならばということで許可をくれた。

この一本だけかもしれないが、これでイラストレーター中井佑貴のでき上がりだ。

たぶん、佐原はこの事実を知らせれば喜んでくれるだろう。いまだに俺の学生時代の絵を飾ってるようなヤツだから。

けれど…。

「しばらく黙ってるかな」

睦月さん本人からと上司と、両方から口止めされていることもあった。だがあんな無口な男に何をしゃべったって他に漏れる心配などあるはずはない。別に教えてやっても実際不都合はないのだ。

けれど俺はこの件を佐原に言う気になれなかった。

「…プライドなのかな」

理由は自分でもよくわからない。

作家のお情けでもらった仕事に浮かれる自分を見られるのが嫌なのか。黙っていて、本が出てから驚かしたいのか。少しヘタになったかもしれない今の絵に、何か批評をもらうのが嫌なのか。

そう言えばあいつの批評は昔っから辛口だった。およそ世辞や気遣いという言葉を知らないかのような。初めて言われた時もカチンと来たもんだ。

それを思うとやはり口は閉ざしたくなる。

「ずっと黙っているわけじゃないからいいよな」

言い訳するみたいな独り言。

カフェ・オ・レの最後の一口をグッと飲みほして空っぽのカップを流しに置く。

空腹は流し込んだ液体のおかげで少しおさまったが、すぐにまた騒ぎだすだろう。

「近所のラーメン屋でも行くか」

そして戻ったら、色をつけよう。

複雑な気持ち。

喜びに、微かな後ろめたさ。

それを払拭するように、俺はかけてあったジャケットを羽織りサイフを手に外へ向かった。

どうでもいいさ、誰かに気を遣う必要はない。俺は俺の勝手にするだけさ。これもまた言い訳をするように心の中で呟きながら。

季節が冬に向かっているというのに、日差しは強かった。

押し入れの画材一式を出した時に一緒に引っ張り出したコートを壁にかけたまま、一度も袖を通したいと思う日がない。

今日も朝、編集部へ着くと江川女史が新しい仕事の話を持ち出して来た。

「まだ入るか、って聞いてたわよ」

妊婦になってから服装の趣味が変わったこのサバサバした女性はデスクに座ったまま上目使いに俺を見た。

「そりゃ入れようと思えば入るけど…」

仕事のランク次第だな。そう思って考え込むフリをする。

彼女はそのポーズをどうとったのか、首を前に出して声をひそめて問いかけた。

「聞いたわよ、イラスト描くんでしょう?」

なぜそれを。

「誰から聞いた」

「村山さん」

「オフ事項だぞ。あの人も思ったより口が軽いなあ」

「あら、私はここの進行よ。全員のスケジュールが筒抜けなのは当然でしょう」

もちろんその『進行』ってのは自称の役職だ。だが彼女の物覚えのよさで助かってる男共がゴロゴロしてる以上それを認めてやるしかない。

「よそに言うなよ」

「内緒ね、ＯＫ」

「で、仕事って何？」

「小島《こじま》くんがプロット持ってる。何かね、ゲームみたい」

「ゲーム？　まさかまた俺に江角さん取って来いって言うんじゃないだろうな」

頭の中に彼の顔が浮かぶ。

嫌いな人じゃない。嫌いじゃないのだがどうもトラブルメーカーになるのではないかという危惧のある顔だ。

それに佐原にもクギを刺されてしまったし。

「無理だぞ、もう。確かスケジュールいっぱいだって言ってたから」

俺と遊ぶ時間以外は、だが。

「違うでしょ。聞いたこともないようなところだったから」

「ゲームって何？　格ゲー？　ＲＰＧ？」

「どっちでもないみたいよ。何かもっと大人っぽいものみたい」

「美少女シミュレーションかな。そんなの描けるの俺の抱えてんのの中にいないぞ」

「私に聞かないでよ。ちょっと、小島くん！」

不満げな声を漏らしたかと思うと、江川は奥で片耳にイヤホンを突っ込んだまま仕事をしている小島の名を大声で呼んだ。

江川よりも背の低い小島は、年齢も入社も彼女より下なので、江川の声に慌てて飛んで来た。いつ見ても高校生のバイトみたいなヤツだが、これでもまあ仕事は悪くないのだ。

「あ、おはようございます、中井さん」

「おう。何だ、新しい仕事って」

「パズルゲームのパッケージとゲームの中で使用するオープニングの絵が何枚か欲しいそうです」

「そんなのこっちが手配するもんじゃねぇだろ。パッケージだけならわかるが何で中身の絵までなんだ。ゲーム屋が用意するべきもんだろう」

少し強く言うと、小島は恐縮して頭を掻いた。

「はあ、何だか財務パッケージとか出してるプログラム会社らしいんで、絵描きの持ち駒が一人もいないらしいんです」

「ってことはプレステとかのゲーム機用じゃなくパソコン仕様か？」

「いえ、次世代ゲーム機対応です。だから映像的に綺麗な絵が欲しいって。解像には自信あるみたいですよ、そういう方のが本職でしょうから」

編集がいつも自分の好みの作家ばかりを抱えているわけではない。だが、やはり何度も使うのはついつい好きなタイプの絵を描いてくれる人になる。

だから俺の抱えてる作家は佐原を筆頭に皆繊細な絵を描く者が多い。今の小島のセリフはそれと知ってのことだろう。

「いいトコ連れてくと宣伝もこっちに回してくれるそうですよ」

「そんなの俺達の部署と関係ねぇじゃん。広告は宣伝部の仕事だろ」

「でもこれから何作も出すらしいんでそれも任せてもらえるかも…」

「『かも』だろ」

「はあ…」

ゲームと聞いて、俺の心はちょっと動いた。

ゲーム関係の仕事はギャンブル性が強いが、当たれば本当に大きく化ける。

中身のグラフィックに説明書、パッケージと本体自身の細かい仕事もさることながら、攻略本や雑誌宣伝、キャラクターグッズ、最近はゲームをモチーフにしたマンガを出すところもある。

万が一当たりクジだったりしたらテレビ化されるものまであるのだ。

「それで、俺んところの誰がいいと思うんだ？」

「そうですね…。佐原さんなんかどうです？　あの人動物も植物もＯＫみたいですし」

俺の人生は今だ上々らしい。

「佐原か…」

あいつに回せる仕事があればいいと思っていたところだった。

けれど毎回自分が優先的に佐原に仕事を回してばかりいると不自然に思われるかもしれないから、動きが取れないでいたのだ。

「そうだなあ…」

渡りに船とはこのこと。

小島が推すなら仕方ないって顔で引き受けられる。

「聞いてみてもいいぜ」

「お願いできます？」

「だから聞いてみてもいいってだけだ。他に仕事が入ってなければ頼んでやるよ。で、しめ切りや何かは…」

「ちょっと」

そこまで話を進めた時、江川が俺達の間に割って入った。

「あんた達がそこで立ち話してると私に陽が差さないんですけど」

「ああ、悪い。目に入ってなかった」

「何ですって」

「興奮すんなよ。腹に響くぞ」

「知っててやってるクセに。ほら、さっさと向こう行きなさいよ」

彼女はもう一度手で俺達を追い立てる動作をした。

「はいはい。あ、コーヒー二つ頼むな。小島のデスクに」

「私はお茶くみじゃないって言ってるでしょ」

「わかってるって。でもな、女が入れてくれるコーヒーのが男の入れるのよか美味いんだから仕方がない。これはセクハラじゃなく、憧れの現れだな」

「あら、以前は妊婦は大事にするって言ってくれてたんじゃなかったっけ?」

「安定期だろ、子供のために運動した方がいいよ」

「言ってなさい、もう」

呆れた声はオーダーを通した印だ。

俺は彼女に片手で頼むよと合図を送り小島と一緒に彼のデスクへ向かった。

窓と入り口から一番遠い場所でありながら編集長からストレートに見える場所が小島の席だ。

まあこのオフィスのどこであろうと雑然としてるもんだが、こいつのもひでえな。

「お前さあ…」

正面にファイルを立ててある上には雑誌やら写植表やらコピーが平積み。向かい合わせの向こうの席との間にベルリンの壁ができている。しかも、まさにベルリンの壁のようにここも崩壊してしまいそうだ。

「俺もあんま言えないけど、少し片せよ」

作業をするスペースはB5ギリギリくらいしかないんじゃないか？　しかも仕事の物だけでこの要塞を築きあげてるんじゃない。何だこの動物やら女の子のキャラクター商品は。

「わかってるんですけど忙しくて…。俺、要領悪いんですかね」

「…悪そうだな」

率直な俺の感想に、小島はしゅんとなって下を向いた。まあ悪いヤツじゃあないんだが。

「で、資料は？　すぐ出るんだろうな」

「はい」

こういうふうに汚く散らかしてるヤツってのは、本人にはそれなりの法則があって片しているらしい。こんな中のどこに何があるかよく覚えてるなという的確さで、彼は茶封筒を抜き出した。

「これです」

開けて中の書類に目を通す。

一応俺が先輩だからか、彼は近くの椅子を引っ張って来て勧めてくれた。

「自分で作家探してやってみりゃいいじゃん。結構いい仕事みたいだし」

本心では半分もそう思っていないのに聞いてみる。

「はあ、俺も最初はそう思ってたんですけど。俺、明日っから出張なんですよ」

「出張?」

「…前に本田《ほんだ》のお抱えだった磯田《いそだ》さんって作家が原稿途中でトンズラしたでしょう。あの後、俺があの人の担当になったんです」

俺は朝イチで騒然としていたその時のことを思い出した。電話、FAX、電報まで使ったアレだな。そうか、あれは磯田さんだったのか。

「あの人、また消えちゃったんですよね。奥さんが言うには大阪じゃないかって」

「何だ、いるって確証はないのか?」

「いえ、大阪のデザイナーの前島さんって方のところにいるのをさっき確認しました。だから明日っからその家に張りつきなんです。もうしめ切りなんてとっくに過ぎてるんですから、何とか進行状態でもはっきりしていただかないと」

「…可哀想に」

それは本心。

まだ新人なのにそこまでやらされるとは。それともワザとそういう作家をぶつけて仕事のつらさをよく味わわせようって魂胆なのかな。

「いいですよねぇ、本田さんに聞いたんですけど、中井さんってまだあんまりそういう目にあったことないんでしょう？　俺なんかずーっとですよ」

「一度もないわけじゃないけどな。まあ人徳だ、人徳」

「作家が行方不明になっちゃう時のこの苦しい心境、いつか中井さんに教えてあげたいですよ。呪っちゃおうかな、少しはそっち行くように」

「よせよ、縁起でもない」

これ以上グチを聞いても仕方がないから、俺はまた書類に視線を落とした。

江川が言った通り、悪くないゲームの話だ。、キャラクターデザインなんかはもうすでに終わっているが、対象年齢が上だからパッケージなんかの外見に『上手い』絵が必要らしい。納期も比較的ゆっくりしているし、これを受け取った時、小島はやっとゆっくりできる仕事が来たと喜んだことだろう。

トンビに油揚差し出す気分だろうな。

「二、三日うちに打診するよ。佐原でダメだったらまた戻すからな」

「はい」

コーヒーを持って現れた江川は、俺と同じように小島の机を見て感嘆の声をあげた。コーヒー一杯置くところのない猫の額とさんざん悪態をつき、あげくこんな危ないところには置けないからと俺達にカップを手渡しして去って行った。

だがそのコーヒーに口をつける間もあらばこそ、だ。

「中井、電話！　三番にＡＬＬ出版」

呼ばれてふうっと肩を落とす。

「じゃあな、こいつは預かっとく」

封筒とコーヒーを持って小島よりはマシだが大差のない自分のデスクへ戻り電話を取る。

「お待たせいたしました、中井です」

ゆっくりと、大きな車輪が動き出すように仕事を始めながら、まだ安定している日常にあぐらをかく。

小島の呪いが効力を発揮する日なんて来るはずがないから、彼の漏らした小さな一言を早くも忘れ去って。

『すっごい』を三度繰り返した後、睦月冬士は額の価格と絵の謝礼を聞いて来た。

「だってこんなに綺麗にしたものをいただけるなんて思わなかったんですよ。気軽に頼んで悪いことしちゃったなあ」

もらって当然って態度じゃないのがまた好感度をアップする。

「社内に残ってた安いパネルですから、いいですよ」

「でもこの…何て言うんですか絵のまわりの綺麗なボードとかは」

「マットですか？　額のサイズが合わない時にこうやってボードを切り抜いて内額みたいにするだけで、大したもんじゃないです。コーヒー一杯分です」

「でも可愛いなあ。これ…、誰かを思い出しちゃいますよ」

絵は、茶トラの猫が手足の力を抜いてクッションの上で眠っているものだった。最初からそう思っていたわけではないが、描いているうちにどうもこの惰眠を貪ってるところが佐原に似ていると俺も思っていた。

「睦月さんのお友達にだらんとした方でもいるんですか？」

「ええ、何かだらしなくて世話を焼きたくなるタイプっていますよね。別に甘えてくれるわけでもないけれど何となく手をかけちゃうってタイプ」

「ああ、いますね。可愛げがないとこがまあ可愛いのかもってヤツ」

「そんな感じですよ」

睦月はそう言って笑った。

「きっとこんなにちゃんとしたの俺がもらったなんて聞いたら羨ましがるだろうな」

「羨ましがる？　誰がです」

「ああ、いろいろ。みんなですよ、いい絵だから」

何か引っかかる言い方だ。

そう言えば、誰が俺をこの人に紹介したのだろう。

俺が絵を描けると知ってる人間が小説の畑にいたっけ？

仕事を回して来たのは村山さんだったな。確か以前あの人には俺が美大出身で絵を専攻していたとは伝えていた。では彼だろうか？

「中井さん」

「あ、はい？」

「この絵、どこにかけたらいいと思います？」

「どこでも、先生の好きなところでいいですよ」

彼は俺の言葉にちょっと首を傾けて照れたような笑いを漏らした。

「中井さん、俺を侮ってますね」

「何がです？」

悪いことでも言ったかな。

「あの絵を見たでしょう。俺の美的センスがゼロに近いってことですよ。こういう絵って飾る場所も雰囲気とかバランスがあるんでしょう。俺はそういうの、全然ないんです」

「そんなご謙遜を。センスのいい家じゃないですか」

色調も統一されてるリビングは明るい感じで悪くなんかない。

だがその言葉にも彼は笑った。

「これ、備えつけです」

「は？」

「ここ、モデルハウスだったんですよ。で、買った時にサービスでつけてくれたんです。仕事部屋以外は不動産屋がコーディネイトしたまんまなんです」

　なるほど、だからここへ初めて来た時モデルハウスのようなよそよそしさを感じたのか。

「ローン組んで契約する時、まけろって言ったらまけられないけど家具サービスしますってことで。俺もいちいち部屋ごとに最初からインテリアだ何だって考えるのも面倒だったんでそうしてもらったんです」

「そうですか」

　としか言いようがないので曖昧にうなずく。

「中井さんはいつも綺麗にしててセンスいいですよね」

　この人の仕事部屋っての、一回見てみたいもんだ。あの絵の感性でしかコーディネイトできなかった部屋ってのはさぞや、さぞやだろう。

「じゃあトイレにでも」

「ダメですよ、そんなの。自慢したいんだからちゃんと考えてくださいよ」

「自慢、ですか？」

「そう。『いいだろう』って感じに飾りたいんです」

　いったい誰に自慢するんだか。こんな無名の、イラストレーターでもない人間の絵を。

「じゃあキッチンか仕事部屋にしたらどうですか。ここに飾ると俺が来るたびに見なきゃならなくなりますから」

「恥ずかしいですか?」

「ええ」

彼はまた笑った。

よく笑う男だ。

「じゃあ部屋に飾ります」

そう言うと彼は大切そうに俺の絵を抱え、いったん席を外した。

笑顔の多い人間は性格がむちゃむちゃいいか、その反対かのどちらかだと思う。若くして一財を成したことを考えると、彼はもしかしたら後者かもしれない。

出会ってから、いつも柔らかい物腰のままこちらを立てるように接してくれてはいるが、それがもし計算だとすると、あまり可愛い可愛いと思わない方がいいかもな。

なぜか今更そう思った。

L字型に配置されたソファ。

一辺と一辺に別れて座っていた。

だが睦月は戻って来ると、なぜか俺の隣に腰を下ろした。

「じゃあ今日も絵を教えていただけますか?」

柔らかな声が耳元に響く。

「いいですよ、スケッチブックは…」

「持って来ました」

考え過ぎかな。距離が近い気がする。

「何枚か一人で描いてみたんですけど、やっぱりあんまり上手く行かないんですよ」

彼のきっちりと纏められた長い髪から微かなタバコの匂い。それがわかるほどの距離。

「こんなんで何とかなるのかなあって悩んじゃいますよ。成田さんもひどいことする」

「モチーフを選べば大丈夫ですよ。なるべく描きやすいものをチョイスしますから。無機物なんかだと面を捉えることができれば後は何とかなるもんです」

Vネックの明るいニットシャツ。襟元から長く伸びる首。

「デッサンとかは？」

少し傾いて鎖骨が少し浮いて見える。

服の下にある身体は伸びている手足から見るとしっかりとしているように思える。

「できれば教えたいですけど、それほど時間がありませんからね」

自分で言うのも何だけれど、俺は『そういう』雰囲気には聡い方だ。

それに男に『そういう』意味で好かれることも多い方だと思っている。

「今日は何時までいられるんです？」

「そうですねえ、社の方には話を通してありますから夕方くらいまではおつき合いできますよ。睦月さんは大丈夫なんですか、お仕事。先日『後編』が何とかって」

「ああ、大丈夫、隔月ですからまだ先です。プロットはできてますしね」

小さなスケッチブックを真ん中に置いて、顔を合わせる。

タイミングを計るように一瞬沈黙が走る。

睦月はまた笑った。

今度の笑いは今までのようなくったくのない笑みではなく、唇だけで笑うような意味深な笑みだ。

「中井さんは、近くで見ると綺麗な顔立ちですよね」

仕かけてると感じるのは自惚れではないだろう。

「どこがってわけじゃないけれど女顔っぽい気がしますよ」

だからと言っておどおどするような純なタイプじゃない。

そっちの考えはわかっている。でもそれを受け流す術を知ってるんだと笑顔を作る。

「時々言われます。本人はそうでもないと思ってるんですがね」

「女顔って言われるの嫌いですか。『オカマ』って言ってるわけじゃないですけど」

「別に。『綺麗』という意味で使っていただけるんなら嬉しい限りですよ」

睦月はいったん視線を外し、テーブルの上に置いてあった彼のタバコとライターを取った。

何も言わず、取り出した一本を口にくわえて火を点ける。

窓からの強い陽に溶けてしまう青白い煙がその火の先から立ちのぼり、唇からの白く濃厚な煙に押し出されて消えた。

「中井さんもどうぞ」

第一印象は間違いだったな。

こいつはずいぶんクセのありそうな人物だ。

「これでもよければこれを」

自分のタバコを取ってフィルターを俺に差し出す。

「これはどうも」

受け取ろうとした唇に、タバコではなく柔らかい感触が触れる。

「どうぞ」

それからくわえさせられるタバコ。騒がず、俺は唇の上でフィルターを転がし自分の吸いやすい位置へ移動させた。

横目でそれを見ながら睦月がもう一本自分の分を吸いつける。

まるで共犯者になったような視線を送っては来るが、彼はそれ以上何も言わなかった。

男に軽々しくキスできるってことは、この人も同好の士ってことなのか。女にもてないタイプでも地位でもないのだから、真性かバイか。どっちにしろ手慣れた雰囲気だ。

「プライベートレッスンってのは、危ない響きがあっていいですよねぇ」

ただ一言だけ呟く言葉も、したたかさがあった。

「遊びじゃないですから頑張らないとね。せめてめどがつくまでは進みましょうか」

かわす俺の言葉にまた表情が変わる。

「厳しい先生になりそうだなあ」

まるで仮面を代えるようにまたくったくのない好青年の顔になる。

だが俺には確信があった。

こいつは近いうちにアブナイことを言いそうだ。

けれど慣れてそうだから、遊びにはいい相手になるかもしれない。

佐原を恋人として特別に想ってはいても、こういう美味しそうな餌に心を動かされるのが自分の悪いところ。

わかっていてもそれが大した問題ではないと思っているから始末が悪い。

「じゃあまずそのコーヒーカップでも描いてみましょうか。曲線を持つ物ってのは結構難しいんですよ」

でも今はまだ、先に手を出して招くつもりはないから、俺もまた真面目な編集の顔に戻ってエンピツを握った。

「まず最初に面を捉えるんです」

秋波を送られるのは、やっぱり『悪くない気分だ』と思いながら。


追い立てられる忙しさと、充実している忙しさの違いはどこにあるのだろう。

かなり時間に制約をつけられるほど多忙なのだが、いまの俺には追い立てられているという感はなかった。

たぶんすべての仕事に楽しみが付属していて、しめ切りがまだ遠いからなのだろうが、考えは常に前向きだ。

だから江角とのその打ち合わせも、悪い気分ではなく赴いて行った。

約束の場所は彼のオフィス。

思った通り誰もいない部屋で、彼は俺を待っていた。

「今日は休みですか？」

ノックして、開けてもらった玄関のドア。

戸口にもたれかかるようにして中を覗き声をかける。

「モチーフを模索中だ。休みってわけじゃない」

淡いブルーのシャツに折り目のきちんと入ったダークグレイのパンツ。嫌みにならない程度の薄い柄のスカーフが襟元を埋めている。相変わらずスマートな出で立ちだ。

この人の、こういうカッコイイところに憧れた時代もあった。

そして今なお、周囲の人間と違った一流の匂いには微かに惹かれている。

「入れ、悪さはしない。お前が望まない限りはな」

逞しすぎない身体つきの男は背中を向け、俺を中へ呼び入れた。

「原稿、持って来たんだろう」

「ええ、ありがとうございました。お蔭様で好評ですよ。再版をかけることも決まったんで今日はそのお知らせも持って来たんです」

スリッパを履いて、シンプルなデザインのソファに腰を下ろす。

オフィスでありながら住居のようであり、住居のようでありながら仕事の匂いを色濃く出している空間。

生活感が薄く、頭がよさそうな江角はそんな場所に嵌まる男だ。

三人三様だな。

思って俺は苦笑した。

金がなく狭っくるしいアパートで生活感剥き出しのままでいる佐原と、よそよそしい他人のお仕着せの中で仕事の匂いを見せずにいる睦月。そしてプライベートを上手く隠してドライに仕事でさえコーディネイトして生活に取り込んでいる江角。

自分としては江角の生活に一番憧れるのだが、現実選ぶのは彼ではない。

「コーヒーでいいな」

「先生に入れていただけるんなら何でも」

彼は、俺の初めての男だ。

恋愛ではなく、身体を重ねて楽しい一時を過ごした大学の先輩。

つい先日、俺と佐原のことに気づいていろいろ引っ掻き回してはくれたけれど、大人なんだろうな。今はちゃんと距離を置いてくれている。

「ほら、ミルクと砂糖は好きに入れろ」

「これはどうも」

コーヒーを差し出して座る席も、テーブルを挟んで向こう側。

ガッツガッツしたところなどどこもない。それも当然だろう、この人なら飢えることなく獲物を捕らえることなど簡単なのだから。

「どうした、機嫌がいいじゃないか」

「わかります？」

「俺の画集の売れ行きがよかったから？　それとも俺と二人っきりで嬉しいから？」

「まあそのどっちも、ですよ」

「そう答えるならそれだけじゃなさそうだな」

江角は言葉の遊びが上手い。

「今ね、まわりがみんな俺に惚れてるって感じで気分がいいんです」

だから会話をするのも楽しい。

「そいつはよかったな。お前は自己顕示欲の強いヤツだから」

「ひどいな」

「本当だろう。で、そのまわりの中には俺も入ってるのか？」

「つもりです。顔を見るなりたたき出したりしないでしょう？」

「あのバカを連れて来たらそうするかもな」

『あのバカ』とはきっと佐原のことだろう。どうも二人は天敵みたいだな。

「どこが嫌いなんです？」

「鼻っ柱の強いところ。一度折ってやりたい。折ったら満足して、少しは優しくなってやるよ」

「江角さんはいつも気の強いのを好きになって、自分の手で壊すのが好みみたいですからねぇ」

だが彼はその言葉を聞き流した。

「原稿寄越せ」

「はい、これ。中身の点数確認してください」

持ってきたフォトポリオごと渡すと、彼はそれを開いてパラパラと見ただけでかたわらに置いた。

「いいんですか、損傷のチェックしなくて」

「そんなもの、お前を信じてるさ。事故があれば受け取ったお前の責任だ、自分のデメリットに繋がることには厳しいだろう」

「仕事熱心って言ってはくれないんですね」

「多少期待してたんだがな、何かミスがあったかと」

「どうして」

「さもなけりゃ、原稿を返すくらいでここへ足を運ぶ必要はないだろう。宅急便で済むことだ。わざわざお前が持って来るってことは何かトラブルがあって俺に償いでもしに来るのかと」

「身体で？　まさか」

笑い飛ばすと彼もまたそうだな、というように肩を竦めた。

「で、本当のところは何をしに来た。また仕事の依頼か」

「それもいいですけど、ちょっと個人的に」

この人が、こんなふうにさらりと受け流してくれるから、俺は佐原にさえ言うことを憚った今回の仕事のことを口にした。

「実はちょっと絵を描くことになって、足りない画材を借りに来たんですよ」

内容は社命で話すことはできないが、かなり正式に描かなくてはならない。

だが自分の物はすべて実家に送ってしまったし、送り返してもらったとしても古過ぎてあまり役にはたたないだろう。

かと言って新しくすべてを揃えるにはかなりの額かかってしまう。

「それで先輩のお情けに縋りたいと思って」

江角は顎に手を当ててちょっと考える仕草をした。

「何を借りたいんだ」

「水彩の道具はあるんでマーカーとブラシの古いのがあれば」

「ここを使ってもいいぞ」

「それであなたに後ろから覗き込まれていろいろ言われるんですか？　器材に魅力はあるけど他人に見られながら描くのはちょっとね」

「佐原のところはどうだ」

俺は悪戯っぽい彼の笑みに笑顔を返した。

「こっちへ来たんです」

暗に『佐原にはこのことは内緒なのだ』と告げると、彼はふっと笑った。

「上手い言い方だな。別にいいぞ、貸してやっても」

「本当ですか」

「ただし古い物をな。使ってる道具を貸す気になれないのはわかるだろう」

こういうところは相変わらずシビアな人だ。

「充分です。そんなに大作を仕上げるつもりはないですから」

「そうだな…」

江角は手を伸ばして近くの卓上カレンダーを取り上げると確認するように指を滑らせた。

「来週の水曜までにだったら用意しといてやろう。週を越えないと明確には約束できないが、それでもいいか？」

「充分です」

どうせ下絵ってものがある。しめ切りはまだまだ先だし睦月の面倒も見なければならない。もっと遅くてもいいくらいだ。

「後で必要な物を書き出してFAXでもして来い」

寛容な先輩に感謝、だな。

自分が恋人に持っていてほしいと思うもののほとんどを、この人は持っているだろう。

金も、名声も、ルックスも、寛容さも。

逃した魚を大きいと思う。

けれど感情ってものは時に本人自身にさえもままならないものなのだ。

ゲームなら、彼でいい。睦月でさえかまわない。だが恋愛をする相手としてはどちらもただ一つで一番の条件が足りない。

俺がすべてで、俺だけしか見えない、そんな執着と独占欲。

「そうだ、お前のとこのスタジオ、成田壱也のエッセイ引き受けたって？」

突然、脈絡のない話題を振られ、俺は顔を上げた。

「ええ」

「イラスト、諌早がやるって本当か？」

さらに意外なセリフが飛び出して、俺は隠すことなく驚いた顔を見せた。

「何でそんなことを？」

「成田さん本人から聞いたんだ。飲み仲間でね、本が出たら大いに笑ってくれって言ってたが、本当だったのか」

「笑うって…？」

「諫早、ものすごく絵がヘタだろう」

俺は思わず身を乗り出すように座り直した。

「知り合いなんですか、諫早さんとも」

ペンネームの方で呼んでいるということは仕事上のつき合いなのだろうが、ゲーム関係のイラストでのし上がったこの人と推理小説作家の彼の接点があるなんて思ったこともなかった。

「ああ、パーティで何度もな。この間雑誌の特集の時に挿絵も頼まれたし」

「…何でもやってるんですね」

「こっちへ戻ったらな。一時の名声にあぐらをかいてるとあっと言う間に転落する。できる仕事は受けるさ。成田さんの方は今度あの人の単行本の表紙を描くことにもなってるし」

ではひょっとして…。

「江角さんだったのか」

ぽろりと漏らした俺の言葉に、相手は意味がわからず首を傾けた。

「俺が今その睦月…諫早先生の担当なんですよ」

　そこまでバレているのならいつか向こうサイドの口から伝わるだろう。だから俺は隠していた部分を口にした。

「あの人に絵を教えてるんです。ついでに彼の描けないところを代わりに描くことになったんです」

「中井が？　すごいじゃないか」

「からかわないでくださいよ。自分が推しておきながら」

「俺が？　誰を」

「あなたが俺をですよ。諫早さんが言ってましたよ。俺が絵を描けるって教えてくれた人がいるって。ずっと気になってたんだけど、やっとわかりました。江角さんでしょう」

　江角はすぐには返事をしなかった。

　何かを考えるように黙ったままこっちを見ていた。

　たぶん、いつそんな話をしたか思い出そうとしているのだろう。

　俺の絵が手に入ったことを、『きっと羨ましがる』と言っていた相手もこの人だとすれば何となくわかる。

　本当に江角が俺の絵を欲しがるかどうかは別として、話の勢いで気に入っている後輩くらいなことは言っただろうから。

ああそう、それにもう一つ思い当たることがあるじゃないか。

あの男は俺にもモーションをかけて来ていた。

もし睦月が江角の知り合いであるなら類は友を呼ぶ、だ。江角が興味を持っている人間にコナをかけたと思えば納得できる。

「いったいどこまで話したんです」

「どこまでって？」

「俺のことをですよ。結構色気出してましたよ」

「お前に？」

極めて嬉しそうに、江角は笑った。

「どうせくだらないこと言ったんでしょう。俺も仕事してるんですからあんまりウカツなことしゃべらないでくださいよ」

彼はなぜか途端に上機嫌になった。

「ああ悪い。そうだな、たぶん俺だろう。諌早もそっちの人間とは気がつかなかったが、また懐こいヤツだなとは思ってたよ。お前の話もしたかもな」

「どんなふうに？」

「そうだな、きっといいヤツだと言ったと思う。ああそうだ、『スタジオ玉兎』って知ってますかと聞かれた覚えがある。だからそこに昔の知り合いがいると言ったんだ。大学時代の後輩が編集部にいると。その画集のデザインが『スタジオ玉兎』となってるから、それで聞いて来たんだろう」

睦月がバイセクシャルと聞いて喜んでいるのだろうか。顔立ちから言えばあの男も江角の範疇内みたいだから。

「そうか、諫早がお前にな」

悪い遊びを見つけたような顔。

「別に直接どうこうされたワケじゃないですけどね」

「だがそれとわかるモーションだったんだろう？」

キスされたことまで言うべきだろうか。いや、それはまだ言わない方がよさそうだ。深く突っ込まれても面倒だし。

「まあ何となく、ね」

「あいつは面白いヤツだよ。そう、何を考えてるかよくわからなくて。外見に騙されてると痛い目を見そうってのがいい」

「お気に入りなんですか？」

「今お前の話を聞いて少し、な」

江角は俺から距離を取るように深く座り直し、背中を預けるように上を見た。

「そうか、お前と諌早が…」

あんまりいい感じじゃない。目の前に自分がいるのに、頭の中でまったく別のことを考えられてるってのは。

「楽しいことになりそうじゃないか」

いかにも愉快そうな江角の言葉。

「何がです」

むっとした俺の声で、彼は視線だけこっちへ戻して満足げな顔を見せた。

「そうさな、あいつのひどい絵とお前の綺麗な絵が、『偶然』一緒の本に載って、『一本の繋がり』ができるってことがさ」

比喩的なセリフだ。それはわかるが説明はない。

それ以上、江角は何も言わなかった。

まるで話をはぐらかすように、さっきかたわらへ避けたフォトポリオを取り出して自分の原稿を一枚一枚ガードのためのパラフィン紙をめくりながら鑑賞しだした。

もちろん、その目が紙面に向いていようとも、頭の中は別のものに集中しているのがわかってしまうような動作で。

いったい何が彼をそれほどまでに喜ばせているのかわからない。それがムカつく。

睦月と俺が知り合いなことがそんなに嬉しいのか？

俺が絵を描くことか？

問い返してもきっとこの様子では何も答えてはもらえないだろう。

「面白いもんだ」

こっちの不快を煽るような小さな一言。

思えば、その江角の態度が、ここまで順調に来た俺の日常の躓《つまず》きだったのかもしれない。


「やらない」

という一言を聞いた途端、俺はカチンと来た。

自慢じゃないが気は短い方だ。

ましてや『いいこと』をしているつもりがある時ににべもなく断られたりしたら、その反応は当然だろう。

「何でだよ、担当は俺がやってやるって言ってるだろう」

狭いアパート。

つい声が大きくなってしまうのも仕方ない。

「誰が担当でも」

「だから理由は」

「忙しいから」

「そんなに忙しいもんか。スケジュール表出してみろ、俺がチェックしてやる」

「そんなのない」

「佐原」

柔順な恋人の反逆。

俺が小島から回された例のゲームの仕事を佐原に伝えに来たのはつい三十分前のこと。

出迎えはいつものように眠そうな顔。ただし今日はもうとっくに起きていたらしい。

俺を中へ招いて、お茶を入れ、小さなグリーンのテーブルを挟んで座る畳の上。俺は持って来た書類を広げ仕事の内容を説明してやった。

大きい会社ではないが実績はある。ゲームってのは悪い仕事ではない。描くのはパッケージとオープニングのタイトルアニメーションのイラストで、このまま上手く話を持って行ければ宣伝ポスターや雑誌広告のイラストも取れる。

おまけに買い取りではなく原稿料として振り込まれるから、攻略本等に使われれば別途に版権料も入って来る。

こんなにいい仕事はないだろう。

なのにこのガキは『NO』と言うのだ。

「じゃあ今入ってる仕事を言ってみろ」

問われて答える言葉は短い。

「ポスター一枚と本のカット」

仕事の中身も少ない。

「カットは何点だ」

「十二枚」

「しめ切りは」

「両方とも来月」

「そんなの、お前の早さなら何でもない量だろ。それともむちゃくちゃ難しい指定でも入ってるのか？」

佐原は首を横に振った。

元々、いろんなことを口にするタイプではなかった。言いたいことは周囲もはばからずガンガン言うクセに肝心なところは説明できない。そのせいで何度も腹立たしい思いをさせられたものだ。

たとえ結果がそう悪いものじゃなかったとしても。

俺も大人だ、闇雲に怒鳴り散らしたりはしない。

だがこんないい仕事を、しかも俺からの依頼を断るならちゃんと納得のいく説明が欲しいところじゃないか。

喜ぶだろうと思っていい気になってやって来た自分がみっともないだろう。

「まさか、お前ウチのスタジオ以外からの仕事で忙しいのを隠してるんじゃねぇだろうな」

専属、というわけでもないから一応は聞いてやる。でももしそんな理由だったらもっと怒りは増すだけだろう。

「ない」

けれど返事はそれでさえなかった。

「じゃあ断る理由なんかないだろ」

佐原はじっと俺を見返して、軽くタメ息をついた。

「何だよ、その態度」

ムカつくな。

「だから忙しいのが理由。他の仕事なんかない」

「忙しいって言ったって大した仕事なんかないだろって言ってんだ。こっちは納期にはまだ間があるし、内容は規制があるけどがんじがらめってほどじゃない」

「忙しいのは仕事だけとは限らない」

「何だと？」

佐原はうるさそうに垂れて来る前髪を掻き上げた。

下からはこの無愛想な男にはもったいないほど整った顔立ちが現れる。長い睫毛が瞬いて切れ上がった目に表情をつける。

この顔に騙されてしまうのだ。

「仕事じゃなきゃ何が忙しいんだ」

「…プライベート」

「プライベート？」

およそこの男の口から出て来るとは思えなかった言葉に、俺は思わず聞き返した。

プライベートってことは私生活ってことだろう。こいつの私生活なんて食って寝る以外の何があるって言うんだ。

暇さえあれば俺と会いたいしか言わないクセに。

「プライベートってのは何だ。新しい趣味でも見つけたのか？」

「違う」

今度は俺がタメ息をつく番だった。

こいつの生態はわかってるつもりだが、時々うんざりする。

「いいか、佐原。俺はお前のためを思って仕事を取って来てるんだぞ。どうでもいい仕事をお前に押しつけようっていうんじゃない。だったら多少なりとも俺にわかるように説明してくんないか。いったいプライベートの何で『忙しい』なんて言うんだ」

相手は言葉を探すように視線を泳がせる。

それからポツリとこう言った。

「実家」

「実家？」

「家から電話があって親の頼み」

なるほど…。それなら確かにプライベートだ。

「何て言われたんだ」

「今月と来月は時間を空けておいて欲しいって」

こいつだって人の子だもんな。そりゃ親もいれば家族もいるだろう。法事か何かでそういう命令が下ったとしても不思議はない。

「まさか、親が出てくるのか？」

「わかんない。まだ何にも。そのうちまた連絡来ると思うけど、親も詳しく言わなかったし」

こいつの親もまた口ベタなんだろうか。

「…わかった。じゃあその親からの連絡があったら仕事が入りそうだって言ってみろ。それでもう一度考えろ」

「そんなに時間とってもいいの？」

「ん？　ああ、別に。まだ時間はあるって言っただろ」

「でも中井サンの仕事だから引き受けてできないってことになると中井サンに迷惑が…」

その無骨な一言で単純にも俺は笑顔を浮かべた。

足りないオツムでそんなこと考えてたのか。

「俺もまだ向こうには返事しないでおくから大丈夫だよ。実家と連絡取れたらまた電話して来い」

急に可愛くなってその頭を軽く撫でてやる。

やっぱりこいつは猫のようだ。

甘えたがりのクセに素っ気なくて、意思表示が上手くない。

けれど忘れてはいけない。猫ってのはどんなに懐いていてもこっちの思い通りにはならない生き物なのだ。

「じゃあ来週くらいまでにはちゃんとした返事とって来いよ。どうしてもの事情なら仕方ないけど。それと、実家の呼び出しがもし見合いだったらこう言っとけ『まだまだ仕事がかけだしで金がないから所帯は持てません』ってな」

「そんなものしない」

「おまえがする気がなくたって世間の親ってのはそういうもんなんだよ」

佐原は俺の手を払いのけるようにぷいっと横を向いた。

「何だよ」

「別に」

いつもなら膝に乗らんばかりの勢いでベタベタするのに、態度悪いな。

「話、終わったんならそろそろ帰れば」

キスの一つも仕かけるでなく吐き出される言葉。

俺だって、ここへ来る時には仕事であってもお前に会いたいと思ってるから来てるんだぞ。なのにそのセリフか。

「何だ、用事でもあんのか」

皮肉たっぷりな言葉に、彼は黙ってうなずいた。

ふーん、俺の肌よりも重要なものがあるとは知らなかったよ。

「ああ、わかったよ。じゃあ今日はもう帰る。いいな、連絡だけは忘れんなよ」

ころころ態度変えやがって。

懐いたり、気を遣ったり、拒絶したり。

そんなものに翻弄されて自分の気分が変わってしまうのも腹が立つ。

自分の生活の中心は、絶対にここにだけは持って来たくないと思っているのに、流されるように佐原を見てしまう自分が嫌になる。

俺は書類を封筒に入れるとそのまま立ち上がった。

ヤツの入れてくれたお茶に手もつけていなかった。

それどころか、恋人になってからこのアパートを訪れてキスしなかったのも初めてではないかということにも気づいた。

「じゃあな」

捨てゼリフにも反応はない。

玄関で靴を履いた時にその背に何か言葉を聞いた気もしたが、それはハッキリと聞き取れるようなものではなかった。

「だって…は…嫌いだから…」

動きを止めて聞き返す気はなかった。

あいつの口から『嫌い』なんてセリフを聞くのは、内容が何であっても歓迎できないと思ったから。

安普請のドアを後ろ手に閉めて、軽く息を吐いてから聞こえないように『ばーか』と呟く。

俺がお前のために足を運んだんだぞ。俺がお前のために仕事を取ってやったんだぞ。お前に会いたいと思ってここに来て、好きだからキスの一つもという気持ちを持ってやってるんだぞ。

なのに何だ、この仕打ちは。

仕事は断る、キスもせず、そそくさと追い出す。

実家の何が理由かは知らないが、それは俺よりも重要なことなのか?

だがそんな不満を口に出して責め立ててもあいつを喜ばすだけだとわかっているから何も言わないままでそこを離れる。

車はいつものところに止めてあった。

明るい日差しは昼前のそれで、隣の家との境の塀からこぼれる名もわからない木の小さな葉を照らしていた。

イライラしたこの気持ちのまま戻るのも何だから、どっかで早い昼食を取るか、ゆっくりお茶でも楽しもうか。確か戻る途中に手作りのケーキか何かを謳ってるオープンカフェができたというのを雑誌で見た。

佐原との交渉に手間取ったと言えばそのくらいの時間何とかなるだろう。

そんなことを考えて道の方へ目をやった時、俺は視界の端で隠れるように姿を消した人影に気づいた。

「…今の？」

見間違いだろうか。

慌てて小走りに出ていった細い道には誰もいない。

「確かに見たと思ったんだけどな…」

風のない道には野良猫が走り去る姿が見えただけ。

絶対にそこに人がいたとは言いきれない。何せ一瞬のことだったのだから。ただ顔を向けた時、何かが視界の端に映った気がしただけだ。

「見間違いか」

ましてやその人影はこんなところで見るはずのない姿だから、頭を振って俺は今見たことを否定した。

「あの人がこんな場所にいるはずないもんな…」

だって、俺が見たと思ったのは、あの長身の『睦月冬士』の横顔だったのだから。

上ったものは必ず下る。

みなにちやほやされて、仕事も順調で不安のカケラもなかったのに、少しその道程に陰りが出始める。

江角の意味深な態度、佐原の反抗、そして社内の機密漏洩だ。

と言うと大層に聞こえるが、はっきり言ってしまえば俺がイラストを描くということがぽろぽろと漏れ始めてしまったということだ。

「絶対私じゃないわよ」

と江川は言ったが、そんなのはわかってる。

何せバラした本人が俺のところへやって来て、こう言ったのだ。

「なあ、中井。俺の娘にも何か一枚描いてくれよ」

それは仕事の鬼だとばかり思っていた村山副部長だった。

「描いてもいいですけど、二度と俺がイラストやるって他人に言わないでくださいよ。秘密にしてほしいって成田さんや睦月さんに言われてるでしょう」

「わかってるって。社内だけのことだから平気だよ。にしても、ウチの社内から絵描きが出るとはなあ」

絶対にわかってない。

ここでそんな大声をあげること自体が他人に聞かせるようなものなのだから。

中年の親父ってのがこんなに軽い生き物だとは思わなかった。いつも苦虫を噛み潰したような表情しか見せなかったのに。

江川は一番に同情を示してくれた。

だが他の連中はただ面白がるだけ。

部署の違う人間でさえ、薄々感づいてるのか覗きに来る。

正直言って、まいってしまった。

自分が絵を描くことを生業としているならば、誰に何を言われようが絵を見られようがどうだって構わない。

学生時代にもそんなようなことはあったが平気だった。むしろ注目されることは快感だった。けれど物珍しいというだけで近づかれるのは不快だ。

『俺、昔絵を描いてたんですよ』という言葉で片づけられるのは気が進まない。まだ自分にとっては終わってしまったことではないから。

けれど周囲はそんなこともお構いなく茶々を入れる。

それが俺のイライラを募らせた。

睦月のところへも毎日足を運んだが、あまり何とかなるという気にはなれなかったし、自分の絵もそろそろ何とか下絵くらい手をつけたいと思ってるのにどうにもならない。

佐原はあれだけ言ったのに電話をかけて来ないし、もう一人進行中の作家も電話を留守電にしたまま。

そこへ持って来て、小島からの『SOS』が届いてしまった。

「磯田さん、落ちるって」

週末、出社した俺を迎えてくれたのはそんな嬉しくない江川女史の一言だった。

「何で？　大阪まで追っかけて張りつくって言ってたじゃないか」

「大阪までは行ったわよ。電話、大阪からだったもん」

江川はボールペンで頭を掻きながらがっくりと肩を落とした。

「嘘ついてたのよ。何にもできてなかったの。下絵の一枚もでき上がってなかったの」

「だって、雑誌だろ？　しめ切り過ぎてるって言ってたよな。デッドいつだよ」

「輪転機止めて待ってたって来週いっぱいが限度でしょうね」

他人事であっても、これは痛い出来事だった。

苦しんでも、遅れても、最終的にでき上がって本が出れば苦しむのは担当一人の話で終わる。だが納期を遅らせた揚げ句落としたとなれば会社の信用に関わる。

「どうすんだよ」

「そんなのこっちが聞きたいわよ。昨日夜中に小島くんから電話があってからずーっと、今からできそうな人間のリスト探してるんだから。中井くんも誰かいない？　雑誌の巻頭八枚のカラー、文章つきが一週間でできる人。で、昆虫が描ける人ね」

「巻頭って…新人じゃ無理だろ」

その上文章つきってことはその文章を読んでから絵を起こすってことじゃないか。

「ね、江角さんダメ？」

「この間ちらっと新しい仕事の話はしたけど断られたよ。今大きい仕事が入ってて充電期間なんだってさ」

「そこを何とか、先輩後輩でしょう」

「無理無理、そういう部分は流されないタイプだから」

いつもだったら佐原を推すことも考えただろうが、今回はそれもダメだ。雑誌の巻頭を飾るだけのネームバリューがないし、こちらも先日仕事を断られてしまったばかりの上、未だ連絡一つもないんだから。

「ああ、もう。どうして作家ってこういい加減なのかしら」

「言ってやるなよ、向こうだって頑張ったんだろうから」

「何言ってんのよ。でもね、仕事部屋で机に齧りついて頑張ってダメだったって言うんなら私だって文句は言わないわよ。でもね、連絡も取らずに逃げ出して、『あと少しです』なんて言いながら何にもやってなくて、落とすなんて許せないわよ」

江川の怒りもわかるのだが、俺としては過去の経験もあって作家を庇ってやりたくもないではない。

事務と違って創造職ってのはやってりゃ終わるってものではない。机に齧りついて必ずできるというなら、作家達は誰だってそうするだろう。

だが実際は気分転換も必要だし、追い込まれて逃げ出したい気分になるのもわかる。

けれど今の江川の前で物描きの弁護をしても仕方がない。むしろ言うだけ言わせてスッキリさせてやった方がいいだろう。

「おはよう。何カリカリしてんの江川さん」

遅れて現れた人間も、彼女から事態を聞くと途端に動きを早めた。

「落ちる？　どうして？」

同じセリフの繰り返し。

自分も含め、瞬く間にオフィスの間に緊張が伝染してゆく。

「今校了じゃないヤツは手伝ってやれ」

という上司の一言が発されると、その緊張はより高まった。

何とも仕様がなくて傍観を決め込んでいたのだが、ついに俺も自分の席に戻り、持ち作家のリストの中で仕事を受け入れてくれそうな者をピックアップすることにした。

「一度悪い方へ向かうとUターンできなくなるからな」

なんて不穏なセリフも囁かれた。

大阪から小島が電話をかけてこちらの状態を聞く。本田が、元々自分の担当の作家だったからとしきりに小島を慰めている声がここにも聞こえていた。

苦しい空気は嫌いだ。

悪いことに足を引っ張られるみたいでこういうのは好きじゃない。

だがこんな日に限って俺は外へ出る用事もない。

「最悪は記事の差し替えだろ」

「文字の方には何て？　予告入ってるんですよ」

「そこは仕方ないだろ。とにかくページさえ埋まればいいんだから」

「一応フリーのカラー八枚って線でも探しとけよ」

「印刷所の方は何だって」

「ダメです。絶対に動かないって。木曜の十時がタイムリミット」

「チッ、週末までって言ってたのに。それで朝？　夜？」

「朝です」

「ってことは水曜の夜中までだな。一週間ないじゃねぇか」

キリキリとして、よくない雰囲気のまま午後になったが、昼食も大して味わうことはできなかった。人脈があると言われている馬場《ばば》さんでさえも、一週間を欠ける時間で『イエス』を言ってくれる著名な作家は持っていない。

だからその時かかって来た江角の電話に、俺は少しほっとさえした。

「ああどうも」

ぞんざいな言い方をする俺に彼がちょっと間を置く。

『何か？　怒ってるのか？』

「違いますよ、ちょっと穴が開きそうなんです。俺のじゃないんですけど」

チラリと見る髪を振り乱した江川の横顔。彼女の指はもう何件電話をかけただろう。

答えは最初からわかっていたが、俺は彼女のために聞いてみた。

「指定つきでカラー八枚、来週水曜までってのはダメですかね」

『天下の江角 剛を穴埋め作家に？　いい根性だな。それともそこまで切羽詰まってるのか？』

「後者です」

『ふうん。お前が困ってるところにつけ込んで恩を売るのもおいしいが、無理だな。俺は今週いっぱい仕事だ。月曜からの三日間じゃ満足の行くものはできない』

「…でしょうね」

『だが一人心当たりがいないでもないぞ』

「本当ですか？」

俺は声をあげ、振り向いた江川に手を上げて合図を送った。

「巻頭なんですよ、そこいらのじゃダメなんです」

『だからあのバカには回せないのか。いいことだ、お前の仕事に対するシビアな感性を確認する思いだな』

「それで、誰なんです？」

『取れるかどうかはわからないが、『怪奇と幻想』みたいな雑誌があっただろう。確か…『エアロマンサー』とか何とかいう先月潰れたヤツ。あそこで巻頭イラストページ取ってた春原ってヤツが仕事がなくて暇だとぼやいてたぞ』

「『エアロマンサー』のスノハラさんですね、ちょっと待ってください」

受話器を手で押さえ、かたわらの江川に耳打ちする。

「聞いてたな、その作家なら取れるかもしれないそうだ。イラストページ持ってたっていうから使える絵柄かどうかすぐに確かめろ。みんなに聞けば一人くらい絵柄のわかる者がいるだろ」

「OK。連絡先聞いといて」

「走るなよ」

急いで皆の元へ駆ける江川の背中を見送って電話に戻る。

「電話番号、教えてくれますか？」

言われる番号をメモって、江川の話を聞いて駆け寄って来た本田に渡す。

使うかどうかはわからないが心当たりがゼロよりはいいだろう。

「感謝しますよ、先輩」

だがその言葉はまだ少し早過ぎたようだった。

『さて、これでお前は俺に借りが一つできたわけだ』

嫌な言い方だ。

「確かにね。この人の原稿が取れたら一杯奢りますよ」

『奢りなんていらんさ。それより例の画材の話だが』

「俺が借りるっていう?」

『ああ、そのことで電話を入れたんだ。その引き渡しの件なんだが』

「宅急便でいいですよ。天下の江角さんの手を煩わすなんてとんでもない」

この人が俺を好きなのは事実だろう。本人もそう言ってるし、自分もそれは感じている。

だがこの人が俺に夢中かというと話は別だ。

『まあまあ、そう急ぐことはないだろう』

彼は俺を好きでも、それは恋焦がれているという類いのものではないのだ。

『来週の水曜、午後の四時でどうだ』

彼は時々俺を玩具のように扱う。言い方が悪ければ面白い遊びの道具のように、だ。どっちにしても彼自身の楽しみのためにいいようにするということに変わりはない。

『場所はそう…例のパークスホテルのラウンジで』

声のトーンでそれとわかる。

「俺が望まなきゃ悪さはしないんじゃなかったんですか」

今回の誘いも逢瀬というより何か楽しい遊びを見つけたような言い方だ。

『わかってるさ。部屋を取ったとしても中井が自分の手でドアを開けない限りは中へ押し込んだりしないよ』

　周囲の連中は、すでに新しい見込みのある作家の獲得の件で忙しく動き回って俺と江角の会話に注意を払う者はいなかった。

　だが俺は声をひそめ、彼に釘をさした。

「もう寝ませんよ。少なくとも今回は」

『わかってるよ。貞淑な、とは言わないが今は飢えてないから隣の御馳走にも食指は動かないんだろう。純粋に物の受け渡しとささやかにディナーの席だけで満足するさ。まさかそれさえもつき合えないとか言うんじゃないだろうな』

　どうも怪しい言い方だけれど、それを拒む理由も気持ちもない。本当にそれだけなら。

「わかりましたよ。水曜の四時にパークスホテルのラウンジですね」

『ああ。そうそう、必ず手ぶらで来いよ』

「言われなくても画材の量が結構ありますから荷物なんぞ持っていきませんよ」

『よろしい。それじゃあな、中井。楽しみにしてるよ』

　彼の計画が何であるのか、俺にはまったくわからなかった。

　向こうから切られる電話の音を聞きながら、俺はこれがまた悪い方向の話に繋がらなければいいなと思うくらいしかできなかった。

とは言え、今は来週水曜の漠然とした不安よりも目の前にある原稿だ。

「江川、どうだその春原って人」

立ち上がり本田のデスクにいる彼女に声をかける。

「使えそう、今から本田さんが電話かけるって」

原稿が取れてしまえば江角への借りが現実になってしまうから、歓迎できない言葉だ。それでも仕事をする者としては喜ばなければならない言葉。

「何とかなりそうだな」

「何とかすんのよ」

逞しい彼女の声を聞きながら、一瞬吹き荒れた嵐のような時間の鎮静化を感じる。

だが自分の頭上に迫る嵐は、どうやらこれからのようだった。

結局、その騒ぎは翌日の朝まで持ち越すことになった。

依頼の話を聞いた春原にしてもやはりその短期間で仕上げるのは難しいということで、文章の原稿を読んだ後にもう一度考えたいということになったからだ。

返事待ちで夜中まで粘った結果、八枚のうち内容の合う二点は彼の未発表の作品を使うということで、都合描き下ろしは六枚ならと了承をもらったのだ。

哀れだとは思うが、磯田はしばらく都落ちだろう。

一度穴を開けた作家をもう一度使うほどウチは絵描きが足りないわけじゃない。

もっともあの人の腕ならば、ランクさえ落とせば仕事に困るようなことなどないとは思うが、ウチと同じ大きさの会社からはしばらく敬遠されるだろう。

『嘘をついて逃げたうえ落とした』なんて悪い噂は早く出回るものだから。

自分のつらさを教えてやりたいと呪っていた小島のセリフは、今のところ『人を呪わば穴二つ』って結果になったワケだ。

「どうしました？　疲れてるみたいですけど」

訪れて、ソファに座るなりネクタイを緩めた俺を見て睦月は言った。

そろそろ彼にも下絵を何枚か描かせてみようと思ってここを訪れたのに、どうもいけない。

「ああ、すいません。昨日ちょっとゴタゴタがありまして」

たとえ畑が違っていたとしても、他の作家の内情を口にすることはできないから俺は笑ってごまかした。

「そう言えば、江角さんに会いましたよ」

だから話題をそらすためにその名前を口にしたのだが、彼は思ったよりも大仰に驚いて見せた。

「あの人に会ったんですか？」

「ええ、あの人も俺が担当でしたから。…知ってらしたんでしょう？」

なぜだろう。

「ええ、よく酒の席で。あなたのことをハンサムだって褒めてましたよ」

「それはどうも」

江角も感情の読みにくい男だが睦月もそうだな。

どちらも意図して自分の考えを巧くごまかそうとしてそれをやり遂げている。

「俺のこと、何か言ってました？」

「いえ、特には。何か言われたんですか？」

睦月は本心か仮面かわからない笑みを浮かべた。

「不評だったんですよ、この髪が」

「髪？」

「切れって言われました。どうも長髪はあんまり好きじゃないみたいですね」

そう言って後ろで結んでいる髪をいじって見せた。

何だそんなことか。

では睦月は彼が苦手なんだろうか。

「でもそれは睦月さんに興味を持った証拠ですよ。視界に入らない人間には何にも言わないタイプの人ですから」

「そうなんですか？　愛想がいいように見えましたけど」

「でも会った人間のほとんどは興味がなければ十秒と経たないうちに忘れるタイプですよ」

「へえ」

「睦月さんは、彼に俺のことを聞いたそうですね」

睦月はリビングのテーブルにインスタント絵画教室の準備をしていた。

「江角さんがそう言ってましたか？」

「ええ、白状しましたよ」

「白状か、すごい言い方だな」

スケッチブックとエンピツと消しゴム。それに八〇色の水彩色鉛筆に水入れと筆。

「そうですか、江角さんはそう言ってましたか」

けれど座るのは向かいの席ではなく俺の隣だった。

「あの人、変わってますよね」

「あの人って江角さんですか？」

「ええ。確か学校の先輩後輩だったんでしょう？」

「そうです」

「そんなに親しいって言い方ではなかったけど、結構仲よかったんだ」

今日も睦月はラフな格好をしていた。

外に出る気がないのだろう、薄いブルーのニット一枚だけだった。

「そういうわけじゃないですよ、卒業してからほとんど会わなかったな。ただこの間、例の画集の件で旧交を暖めただけです」

その身体からはまた微かなタバコの匂いがしていた。

「あの人、中井さんが好きなんでしょうか？」

その『好き』にどんな意味を込めて言ってるのかわからないが、彼は突然とも思われる質問を投げかけた。

「後輩ですからね、嫌いってことはないでしょう」

はぐらかしたのに、彼はそれを許してはくれない。

「そういう意味じゃなく、彼『も』またあなたに恋愛をしているんでしょうかって意味です」

なぜ『も』なのだろう。

「男同士ですよ」

「今の世の中男だって男に惚れますよ。俺はそういうことに寛容な人間なんですが、中井さんはダメですか？」

どうしてこんな質問をするのだろう。

「ダメってことはないですよ。そういうので差別を感じるタイプじゃないですから」

「江角さんを好きですか？」

「…それはつまり恋愛対象として？」

「そうです」

「なら答えは『ノー』です。あの人はいい友人で、先輩で、担当の作家です」

「じゃあ他に恋人は？」

ああそういうことか。

睦月の手が俺の手に重なって、初めて俺は質問の意図を理解した。

「恋人ですか。いるかもしれませんし、いないかもしれません」

「曖昧ですね」

これは誘いなのだ。

この間ははっきりとしたモーションをかけては来なかったが、今日はそのつもりがあるということなのだろう。

若くて、ハンサムで、売れっ子の作家が自分に誘いをかけるというシチュエーションは嫌いじゃない。

そのせいで江角にも少しなびきかけて失敗した。

「プライベートな話ですから曖昧でもいいでしょう。今日は絵を描く約束ですから」

ラブアフェアと行くのも悪くはないだろう。佐原のバカには怒らされたばかりだし、俺は貞操観念の強い人間でもないから。

「もし俺が誘ったら、中井さんどうします？　高慢に聞こえるかもしれませんが、顔もスタイルも悪くない有名人で、江角さんに引けは取らないと思うんですが」

だが踏みとどまりたいと思う理由もあった。

「嬉しいですね。でもどうするかな」

睦月は少し肩を落とし、俺の右隣りから窺うような視線を送る。焦がれた、熱っぽい視線とは言いがたい視線を。

「あなたがあんまり本気には思えないから、笑ってごまかすことにしましょう」

彼が俺の手を取った感じから言って、睦月冬士は男を恋愛対象の範疇に入れられるタイプの人間

なのだろう。だがその対象が俺に向いているとはイマイチ思いがたい。

彼が上手く笑うからかもしれないが、こちらに向いてる気持ちを見ることができないのだ。

惚れられるのは大好きだが、遊ばれるのは大嫌いなのだ。

「本気だったら少しは応えてくれます？」

「その時に考えますよ。こういう言い方、よくないのかもしれないけど、睦月さんはどうも考えてることがわからなくてヘタに近づくとケガしそうな気がするんです。俺は臆病者だから、自分にリスクが出ることはあまりしたくない」

「メリットのある関係ならいいってこと？」

「もしそれを江角さんのことをして言ってるんなら、五分五分ですね。俺は少なくとも彼個人の個性も好きです。ただし、彼が才能と金を持っていなかったら今と同じようにつき合ったかどうかはわかりません」

「恋愛相手の条件ってのがあんまりないんですね」

「ありますよ」

「何です？」

彼は身を乗り出した。

「俺にベタ惚れ、です」

その答えに彼は俺から手を離し、けらけらと笑った。

「中井さんは、俺が思ってるよりずっといい人なんだなあ」

一度空気を変えようというのか、彼はそのままふっと席を立ってテーブルを回るとキッチンへ消えた。事前に用意してあったのだろう、手にしているトレイにはケーキと紅茶のセットが乗っている。

「俺はね、中井さんってもっと軽い感じの人かと思ってました」

作家の長い指は軽やかにティーカップを持ち、皿を持つ。

「ほら、着てるスーツも編集さんにしちゃファッショナブルでしょう。俺のトコへ来る雑誌社の編集さんなんかいっつも似たような格好ばっかりで、どうかすると皺の入った三日前のスーツで現れたりするんですよ。でもあなたはいつも綺麗にしてるし」

「着飾るのが好きなんですよ。自分が好きだから」

彼の雰囲気が、また変わった気がした。

「俺も思ったより頭の古い人間だったんだなぁ。見てくれだけであなたを派手な遊び好きな人だと思ってました。謝ります」

最初はくったくのない好青年。次は笑顔の下に何を企んでいるのかわからない男。そして今は穏やかな印象さえ見せる頭のよさそうな男。

たぶん、今の姿が睦月の本性に一番近いものではないかと思えた。

「どうぞ、食べてください」

「マメですね」

「これも他人の受け売りですよ。絵を習ってるって言ったらケーキとお茶くらいは用意するもんだって言って他の編集さんが用意してってくれたんです」

「女性ですか？」

「まあね」

画材を広げたままの場所へケーキやら何やらを置いたから、自然俺はテーブルの端に寄った。けれど睦月は、今度は向かい側に腰を下ろした。

「俺、本当に中井さんのこと気に入ったな」

背中に窓を背負う形になったから、逆光で彼の表情が読めない。

「惚れてしまいそう」

だが口調が穏やかなだけに、その言葉にはさっきのアプローチなんかよりもずっと真実味があった。

「あなたは、思っていたよりもずっと可愛くて正直な人みたいだ」

何が彼の気持ちをそうさせたのかはわからないが、はっきりと、彼は俺への好意を自覚したよう

だった。

企まれるのは嫌いだが、純粋に恋愛を仕かけられるのも少し困る。

本気になるのは、今のところ一人でいい。楽しみたいのは軽い交流だ。

「食べながらでもできます？」

だがその次の言葉に身構える必要などはなかった。

彼は表情の見えないまま話を自分から切り上げてしまったから。

「いいですよ、それじゃ描いたものをまた見せてもらえますか」

よくわからない男だ。

何を考えているのだろう。

大体、なぜ彼は俺を指名したのだろう。

江角から俺の話を聞いて、絵の描ける人に担当になってもらいたいと思ったというだけには思えない。その江角の話にしても、何だかすっきりしない。

俺が江角と会ったと言った時に見せたあの戸惑いは何なのだろう。

ひょっとして、江角の当て馬として俺にちょっかいを出したのか？　だとしても江角は彼が同好の士とは思っていなかった。ということは彼が江角にはアプローチをしなかったということだろう。

あの人は俺以上にこういうことには聡い人間なのだから、自分に向けられた好意を、しかもこんなに上玉からの好意を見逃すとは思えない。

「結構サマになって来ましたよ」

…わからない男だ。

「じゃあもうそろそろモチーフを決めて絞り込みを始めましょうか」

名前も、顔も、地位も、これ以上ないってほどハッキリとしているのに、何かもっと別の正体を持っているような気にさせる男だ。

「エッセイに取り上げられてる題材の中で睦月さんの描きやすそうなものをピックアップしてきたんで、この中から自分が描きたいと思うものを選んでください。残りを俺がやりますから」

興味は消えないが、素直に受け入れるには抵抗がある。

扱いを判断できないまま、彼に応対するしかなかった。

そしてその謎の男は、日が暮れるまでの間おとなしく絵画教室の生徒を演じた後、再び態度を変えた。

夕食を一緒にという誘いを辞退して、社に戻らなければならないからと靴を履く玄関先。

俺を送るためについて来た睦月はあがりがまちの上から俺を見下ろした。

別れの言葉を交わすために振り向くと、彼は微笑んで顔を近づけた。

悲鳴をあげて逃げるようなうぶな小娘ではないから、俺は敢えて相手の好きなようにさせる。

「俺、中井さんが好きだな」

短く告げる言葉。

「あなたを幸せにしてあげたいと思うくらいに」

「嬉しいですね」

軽いキスをされて、優しく抱擁されても、ただされるがままにしている。拒むほどの理由がないから。

そして玄関の明かりに照らされたその時の彼の顔は、真実俺への好意を表していたから。

「今度は優しいんですね」

「あなたが本音を言ってそうだから」

辛辣にも聞こえそうな言葉に彼は笑った。

「その時が来たら、いつか思い出してください。少なくとも、俺は江角さんよりもあなたが好きで、あなたを大切にしたいと思ってるって」

なぜここで彼の名が出るのかわからないが、睦月はそう言うともう一度キスをした。

「とても好きだって」

押しつけがましくない、挨拶のようなキスを。

「覚えておきますよ」

だから俺はそう言って、笑ってやった。

ゆっくりとタバコの匂いから離れながら。


週末、また俺は件のイラストを描くために一日アパートで過ごした。

待ってはいたのだが、佐原は仕事に関することでも、会いたいと望む恋人の要望でも、電話をかけて来ることはなかった。

これだから、恋愛は嫌なのだ。

絶対にだれにも言いたくないし知られたくないことだけれど、俺は佐原をかなり好きなようで、彼がいないと寂しいと思ってしまう。物足りなくて、イライラとしてしまう。

絵を描くことがやっぱり好きで、楽しいのだと再確認したのはついこの間のことだ。

けれどそんな楽しみでさえも、あの鈍感な男の前では消されてしまう。

江角のスマートな誘いも、睦月の意味深な誘いも、どこか遠い出来事になってしまう。

恋愛をしたら、多く惚れた方が負け。

俺は負けたくはない。

自分が佐原を振り回すのは好きだけれど、自分があいつに振り回されるのは嫌だ。

ずっとずっとそう思っているのに、心は彼を求めてしまう。

他のことに忙殺されてあいつのことなど考えられなくなればいいのに、実際そうしようとしているのに、やっぱり気がつくと考えているのは佐原のことばかりになってしまう。

どうして仕事を断ったのだろう。

実家からの話ってのは何だったのだろう。

どうしてこんなに長い間会わないで平気なのだろう。

考えると悪いことばかり想像してしまいそうで気分が悪くなる。

タバコを立て続けに吸いつけて、イライラとした気分をごまかそうとするけれど上手くいかない。

日のあるうちに近所を散歩して気を紛らわそうとしても、上手くいかない。

絵を描いていてもあんまり熱中できなくて、何度か受話器を取りかけたがボタンは押さなかった。

自分の立場の弱さを暴露するようで。

彼の声を聞いたら自分から『会いたい』と言ってしまいそうで。

あいつと抱き合って、キスしたい。

ありふれた抱擁ではなく、強い執着の証しとしての強いものを交わしたい。

佐原はそう思っていないのだろうか。

それを聞くこともできない。

つまらない週末だった。

ずっと、そんなことばかり考えていたから。

週を越えても、つまらない日々は続いた。

佐原からの電話はなく、江角との約束は遠く、睦月も本業の打ち合わせがあるとかで約束を一回キャンセルして来たから。

会社では、平穏な日々が戻って来ていたが、だからこそ退屈。

打ちひしがれた小島を見てはからかう気にもなれず、却って自分も昔ひどい目にあったんだと、思い出したくもない昔話で彼を慰めることになった。

毎日がジェットコースターのようでは困るけれど、毎日が平坦な道を行くようでもつまらない。

ぜいたくな悩みだが正直な気持ちだった。

月曜も、火曜も、いつもと同じように定刻に起きて、決められた朝食を取って会社に出る。

そしてやっと訪れた水曜には、江角との約束が待っていた。

何かがあるのは嬉しい気がする。

けれどあの時の彼の電話の様子を思い出すとちょっと気が重い。また何かイタズラを用意して待っているんじゃないだろうかという予感が頭を掠めた。

だが行かないわけにはいかないし、俺が望まない限り悪さはしないという彼の言葉は信じられる気がしたので、四時にはホテルの前に立っていた。

新宿の閑静な場所にあるこの高層ホテルは以前江角と密会した場所だ。

もっともその後佐原との逢瀬にも使った場所なのだが。

「何だか因縁めいててイヤだよな」

とは言っても弱みがある。

今日は会ったらまず例の春原さんを紹介してもらった礼を言わなければ。

俺がここで江角と会うと聞いて小沢編集長から直々に彼に礼を言うようにと命令されてしまったのだ。もし望むようだったら接待して来ていいぞ、とも。

あの人に対する接待がどんなものに発展するか知らない者のセリフだな。

ドアマンのいる入り口を抜け、階段を上り、建物の中に入ってから塑像のあるクロークホールを抜けてエレベーターに乗り込む。

奇妙な顔が張りつけられた鏡張りの箱に乗って一気に上へ。

ここはラウンジが上にある特殊な造りのホテルなのだ。

エレベーターを降りるとすぐ前が街を見下ろすサンルームのようなラウンジ。時間が早いせいか、人影はまばらだった。

ゆっくりと絨毯を踏みしめながら彼を探す。

可愛いメイドのようなモノクロの制服を着たウエイトレスが近づいて来たが、待ち合わせだからと案内を断った。

江角はフロアの端、窓と窓が作るコーナーの席に座っていた。

足元には大きなカバンがある。あれがたぶん俺の依頼の品だろう。だが紙袋で済むはずのそれは、なぜか立派なトランクケースだった。

「江角さん」

窓の外を見ている彼に声をかけると、『来たか』という顔で振り向いた。

「早いんですね」

「ああ、道が空いてたんでな、早く着き過ぎた」

向かい合わせの席に腰を下ろす。スクエアな椅子は充分過ぎるほどにふかふかで、嫌な感じに腰を沈ませた。

「車買ったんですか?」

他愛のない話。

「先週やっとな。ないと不便だから」

会話の滑りだしとしてはこんなもんだろう。

お茶を頼んでそれが届くまで、話題はその車のことだけだった。自分が振らなかったせいもあるが、相手もまた本題に触れようとはしなかったから。

「江角さんにちゃんと礼を言っておけって上からよーく言われましたよ」

ウエイトレスが去ってから、話題を徐々に自分のしたい方向へ向ける。

「先日はありがとうございました。お陰で何とかなりました」

「終わったのか？」

「今頃ラストスパートでしょう。リミットは明日の朝イチですから」

「まあよかったらまた春原を使ってやってくれ。あいつの奥さん今身重でな」

「結婚してる人なんですか？」

「ああ、結構な年配者だよ。もう四十近いんじゃないか」

「へえ、江角さんの交友関係ってのは案外広いんだ」

「案外はないだろう」

「いや、アメリカ長いと思ってましたから」

「就労ビザを取ってたわけじゃないんだからな、ちょくちょく日本に戻っては悪いところでオトモダチは増やしてたさ」

江角に気負いはなかった。

少し拍子抜けした気分だ。電話の様子だと絶対何か企んでると思っていたのに。

「そうそう、そのオトモダチのことで聞きたいんですけど」

話が望む方に向いたので、俺は今日聞こうと思っていたことを彼に問いただした。

「睦月さんのこと、もう少し教えてくれませんか？」

「睦月って、諫早のことか」

「ええ」

彼は嬉しそうに笑った。

どうも、江角と睦月の間には何かがあるような気がする。

それも俺に関係のあることで、だ。

「いつ会ったんです？」

「それは前にも言っただろう、出版社のパーティの時だ」

「もう少し詳しくお願いしますよ」

言うと、彼は話す気が出たのかタバコに火を点けて居ずまいを正した。

「去年だったかな、こっちの出版社のパーティで会った。ちょうどその前に雑誌で彼の小説に絵をつけてた関係で編集に紹介されたんだ」

彼が語る出会いは、特筆すべきことなど何もないものだった。

編集に紹介されて、言葉を交わしたがそれはわずかな時間でしかなく、睦月はパーティの中で自分に群がる人々に多少辟易しているように見えていた。

だから長く話し込んでも何だろうと思ってすぐにその場を去ったのだと言う。

俺の話をしたのは今年に入ってからだった。

例のエッセイを執筆する成田のホームパーティというか、飲み会に行った時、たまたま彼もそこにいたのだ。

彼はそこではにこやかに話をしていた。

飲み会は成田の友人だけで構成されたものだったので、興味津々の輩がいなかったからだろう。その頃までにもう何度か顔合わせをしていた二人はアルコールが入って軽くなった口を動かして、とりとめもない話をしていた。

何となくの会話、だが江角が今度『スタジオ玉兎』が自分のイラスト集を出すことになったと言うと睦月は急にこちらの話に興味を持ち始めたのだ。

「それって、イラスト集が出る前ですよね」

「ああ、原稿を渡したすぐ後くらいだったかな」

それは少しおかしい気がする。

そんな頃には彼が『スタジオ玉兎』に興味を持つ理由がない。

成田のエッセイの話がウチに持ち込まれたのは、江角のイラスト集が店頭に並べられた後なのだから。

睦月は特に何を尋ねるわけではなかったが、気がつけば江角はそのスタジオに自分の知り合いがいること、知り合いは中井という名前で大学の後輩であること程度は話していた。

「頭もいいしルックスも悪くないと言った気がするな」

「ハンサムだと褒めてくれたそうで」

ここへ来るまで、江角にもう一度睦月のことを聞けば何かがわかるかと思っていた。

だがこれじゃ逆効果だ。

ますますわからないことが増えてしまった。

彼が俺に興味を持ったのは江角のせいじゃないのか？　それとも『スタジオ玉兎』に興味があって、俺はそのついでなのか？

睦月の目的はスタジオの、俺以外の人間なのだろうか。

さらに詳しく尋ねようとすると、江角がチラリと腕の時計を見ていることに気がついた。

「何かこの後予定でも入ってるんですか？」

「ああ、もう一人来る人間を待ってるんだ」

「もう一人？」

まさか睦月か？

「そう、もうそろそろ来るはずなんだけど…」

俺はここを訪れる人間が現れるエレベーターの方を振り向いた。

パーテーションの代わりに点在する観葉植物。

その間を縫って近づいて来る人影。睦月ではない。

「誰だかわかるか？」

きれいな歩き方だった。

「よく見え…」

肩を揺らさずに、少し気怠げに進める長い足。もう少しいい服を着ていれば、もっと人目をひくであろうルックス。

笑顔さえ浮かべてそのシルエットを見つめた俺の顔が固まる。

「なんで…、なんであいつを呼んだんです」

「大きな声を出すなよ、みっともないぞ」

いつも無表情なその顔が、パアッと火がついたように強い攻撃的なものになっている。

「…佐原」

俺は舌打ちした。

足早に近づく彼が自分の元へ到達する前に吐き捨てるように江角を責める。

「何が目的なんです」

「別に」

その一言を交わしただけで、俺の目の前には怒りを表に出した佐原が立ちはだかった。

「どうして、ここにいんだよ、中井サン」

「それはこっちのセリフだよ。何でお前がこんなとこに来るんだ」

「まあ二人とも座れよ。こんなところでケンカをするほど子供じゃないだろう」

仕組んだ人間の言葉に従うのもしゃくに障るが確かにここで言い争うのは得策ではないように思えた。

「…お前も座れ」

佐原を促して自分も腰を下ろす。

佐原はすぐには座らなかったが、何も知らないウエイトレスがオーダーを取りに来ると渋々というように俺の隣に座った。

俺達のように他人が近くにいなくなるまで待つということをせず、彼女が下がった途端、佐原の

口は開かれた。

「何でアンタここにいるんだよ」

咎める口調。

何で俺が責められなきゃならないんだよ。

「別にいいだろう。仕事だよ」

「仕事？　ホテルで？」

「ホテルって言ったっていかがわしいホテルじゃねぇだろ。一流ホテルのラウンジで仕事の相手に会うのに何が悪いっていうんだ」

江角は何も言わず俺達の会話を楽しむようにタバコをくゆらせていた。

「仕事って言ったって何も持ってないじゃんか。アンタ言ったよな、後は原稿返すだけだって。その原稿はどこにあるんだよ」

「それは…」

手ぶらで来いと言われたから。

「新しい仕事の打ち合わせとか言うなよ、こいつは今仕事入ってて他の仕事は受けないってもう中井サンには言ってあるって言ったんだからな」

仕組まれた。

「用があったんだよ、ちょっと」

「用って何だよ」

それは言えない。絵を描くことは佐原にだけは言いたくないと思っていたから。

そして江角はその自分の気持ちも、事情も知っているはずだった。

「…何で言い訳するんだよ」

剥き出しのジェラシー。

これがこんな修羅場じゃなきゃさぞや喜んだことだろう。だが本当は違うと言っても、これはどこから見ても修羅場にしか見えないだろう。

昔の男との密会に今の男が乗り込んだ、そんなふうにしか。

「あの…コーヒーお持ちしました」

「ああ、そこへ置いといてくれ」

ウエイトレスは江角の言葉に運んで来たコーヒーを置くとそそくさと去って行った。声を荒げる俺達を見て、彼女はどう思っただろう。俺はみっともないことが何より嫌いなのに。

「こいつに会わないでほしいって言ってたのに。会うだけじゃなくて…。『こんな時』に、アンタにそういうふうにされると思わなかった」

「何が『そういうふう』だよ」

「だってそうだろう」

「何が『そうだろう』だ。そりゃあ会ったさ、会ってるよ。だがそんなことでグダグダ言われる筋合いはないぞ」

「グダグダなんか言ってない」

「言ってるだろ、俺は用事があったって言ってんのに」

「じゃあその用事を言えよ。俺に見つかってマズイって顔する用事を」

「…てめぇ、人を何だと思ってんだよ」

「違うんなら、証明しろって言ってるだろ。ちゃんと、俺にわかるように言ってくれたら俺だって納得する」

「俺はお前の持ち物じゃねぇんだぞ。何でいちいち人と会うことをお前に報告して納得してもらわなきゃならないんだよ」

違う。

こんなことが言いたいんじゃない。

「俺はずっと…中井サンに…」

ケンカをしたいなんて、これっぽっちも思っていない。

「俺に何だよ」

なのにどうしても江角の策略に嵌まってしまう。

「こいつが何を言っても、信じてなかった。中井サンが言い訳するなんて思わなかった」

「江角に何吹き込まれたんだ」

「もういい。アンタの好きにすればいい」

「佐原！」

ついに声をあげてしまった。

周囲の少ない客がこっちを見る。

だがそれでももう一度、俺はその名を呼ばずにはいられなかった。

「佐原！」

椅子を蹴って立ち上がった佐原は後ろを振り向きもせず真っすぐにエレベーターに向かって走ってゆく。

最後に見た顔には涙が見えたような気さえした。

「江角さん、あんた…」

睨みつけた視線も効果がないのか、彼は短くなったタバコを悠然と灰皿でもみ消した。

「俺とお前がまたヨリを戻した。信じられなかったら今日ホテルへ来てみろ、待ち合わせをしてそのままここで夜を過ごすつもりだからと言ったのは確かに俺だ」

「何だってそんなことを！」

「アイツにコケにされたままで幕を引くことに我慢がならなかったからだ」

「佐原がそんなに嫌いなのかよ」

「嫌いだな。あの男はとても目障りだ」

「あんたほどの人が敵意剥き出しにするほどの相手じゃないでしょう」

「そうだな、ちょっと苛めるだけのつもりだった。誤解をしても、あいつならお前を連れ去る程度で終わると思ってた。今の反応は予想外だったよ。まるで子供のようだった」

「あいつは基本的にはまだガキなんだ」

「のようだな。そしてお前の反応も意外だったよ。もっとドライに受け流すかと思った」

俺はまだたっぷりとコーヒーの入っている佐原のカップを取るとそのまま江角に向かってぶっかけた。

高そうなスーツも、すかした顔にも黒い液体がしたたる。

「中井！」

「てめぇも恥でもかきやがれ。ここの払いやっとけよ！」

間に合うはずなんかないのに、俺は慌てて佐原を追ってエレベーターホールに向かった。

驚く周囲の人々の視線を受けながら、彼を乗せて降りてゆくエレベーターのランプを見上げ次のを待つ。

来たものにすぐ飛び乗りはしたけれど、降りた時すでに佐原の姿はどこにも見当たらなかった。

「…チクショウ！」

どうしてこうなるんだと心の中で叫ばずにはいられなかった。

今回は何一つやましいことなどしていないのに、なぜ、と。


らしからぬ佐原の態度が気になって、車を飛ばし駆けつけたアパート。

みっともねぇな、と思いつつもこんなことをしてるのは彼が泣いているように見えた一瞬のせい。

あいつとつき合って、佐原が涙を流すのなんか見たことはないと思う。

ケガをしようがなじられようが、いつも無表情のままで、時折それをしかめ面に変える程度でしかなかった。

なのに『もういい。アンタはそういう人だから、好きにすればいい』と言った時、あいつの目は濡れていなかったか？

俺が誰と寝ても関係ないと言っていたのに。俺が佐原のことだけを考えていられなくても、あいつと一緒にいる時間以外に何をしていようとも、一緒にいる時間だけを独占できれば許すと言っていたのに。なぜ今更そんなことで泣く？

それに、連絡を寄越さなかったのはお前の方じゃねぇか。

夕暮れ、忍び寄る闇がまだ夕焼けに負けている頃。

薄暗くなったアパートのドアをノックする。

最初は軽く。

返事がないから次はもっと強く。

「佐原」

名前を呼んでも返事はなかった。

「佐原！」

仕方なく、以前もらっていた合鍵を使ってドアを開けようとした。けれど中で物音がしたから、一瞬手を止める。

中にはいるのだ。

ガチャガチャと、音はしたけれど扉はいつまでたっても開かない。聞き間違いではないと思うのに。

そのわけは合鍵を使った後にわかった。

「佐原、何だよコレは」

音をさせていたのはチェーンだった。

俺の声を聞いて、わざわざチェーンをかけに出て来たのだ。

「てめぇ、人の話も聞かないで何やってんだよ！」

自分の声を、近所の人間は聞いているだろう。

男の怒声がどんなふうに聞こえるか、思われるか、わかってはいる。けれどそれでも、俺は声をかけ続けた。

「佐原、いるんだろ。出て来いよ」

キッチンの、隙間から手を差し込んでも届かない場所にゆらりと揺れる人影。

「佐原、開けろ」

だが佐原は動かなかった。

「もういい。今日はいい…」

無気力な小さな声。

「何がいいんだよ」

「中井サンが自由にしたいならすればいい」

「俺は自由にしてるよ。だがな、さっきのは江角の策略だ。お前が嫌いで、苛めてやろうとして仕組んだだけのことだ。俺は本当に用事があってあいつと会ってただけだ」

何で俺がこんなに必死に言い訳をしなければならないのか。

「仕事なんだから仕方ないだろ」

こんなに誠意を尽くしているのにこいつは聞こうとしないのか。

「開けろ」

腹が立つ。

「開けない」

「どうして」

「今日は…もうダメだ」

「何がダメなんだよ」

「…電話が…」

そう言って彼は横を向いた。

そのせいで窓からの淡い光が彼の顔を照らす。夕焼けの朱を映して赤く見える頬に涙の筋はなかった。

「江角の電話なんかウソに決まってんだろ。あいつがなんでワザワザお前に電話すんだよ。考えりゃわかるだろ。あいつが俺と遊ぶならお前に知らせず内緒にするって」

けれど顔つきはやはり泣いているように見えたし、目は遠くを見ていた。

「上手く…できない」

言葉の足りない男。

「何が」

どうか俺にわかるように言ってくれ。

「上手くできないから、今日はいい」

「だから何が上手くできないんだよ」

「…話も、何もかも」

「説明しろ。自分で世界作って完結させてんじゃねぇよ」

「説明されたって困るだけだろ!」

「そんなのしてみなきゃわかんねぇだろ!」

「わかるさ」

戻される視線。

少し虚ろな眼差し。

俺を見て揺れる。

「…中井サンは嫌いだ」

吐き捨てる言葉を聞いて、不覚にも動きが止まってしまった。

「嫌いなんだ…」

胸に、何かが刺さったように痛んだ。

今度はこっちが泣いてしまいそうだった。

「出かけるから、帰ってくれ」

もう何も言うことができなかった。

「頼むから、中井サン…」

佐原が背中を向け、奥へ消えても、ドアの隙間に腕を差し込んだままの間抜けな格好のまま動くことができなかった。

耳に届くごそごそとした物音。

名前を呼ぶ気にもなれない。

電話が鳴って、俺を無視したままそれに出て、俺の知らない誰かと言葉を交わす佐原の声が届いても次に自分がどうすればいいのかわからなかった。

「悪い…来た…。すぐに出る…」

ゆるゆると、やっとのことで腕を引き抜きドアに手をかけゆっくりと閉じる。

「…来てくれ」

最後の瞬間、甘えるような佐原が自分以外の人間を求める声が聞こえた。

だがそれさえも、もうどうでもいいような、そんな投げやりな気持ち。

悪い坂道を、転がっている。

受け続けていた好意が消え、一人で残される。

佐原は俺ではない誰かを呼んだ。

江角も、俺への好意ではなく佐原に対する敵愾心を優先させた。

「…クショウ…」

何だっていうんだ。

らしくなくて、何もかもが嫌になる。

車に戻り、エンジンをかけて通い慣れた場所を離れながら、街を後ろに流す。

ハンドルを切りながら、俺はひどい疲れと虚無感の中、一つの顔を思い浮かべた。

『その時が来たら、いつか思い出してください。少なくとも、俺は江角さんよりもあなたが好きで、あなたを大切にしたいと思ってるって。…とても好きだって』

あの青年の、本気に聞こえる優しげな声を。

「誰でもいい…」

俺に向けられた微笑みを。

「優しくしてくれるなら、今は…」

過ぎ行く対向車に、彼の面影を見たような気がしたから。


最悪だった。

「ウソだろ…」

朝一番の会社、年長の馬場の入れてくれた濃すぎるお茶を飲みながらタメ息をついたのは俺ではなく本田だ。

けれどそう言いたいのは俺も一緒。

そして他の連中も、だ。

「ウソじゃないよ。私が電話受けたから」

のんびりとした馬場の口調に、みんながいっせいに口を開く。

「じゃあ、ビート・コーポレーションのレイアウト用紙の発注がどうなってるかわかんないんですか？」

「後藤さんのスケジュールは？」

「俺、今日野々村印刷に電話しなきゃいけないのに、担当者もわかんないし、電話番号もわかんないんっすよ」

「再版用の原稿は？　津森さんの小説のイメージイラスト集に前のも使うんですよ。奥の山の中からどうやって探せっていうんです」

そして俺もだ。

「写植の伝票整理任せたまんまだったのに…引き取ろうにもどれが俺のかわかんないんじゃどうしようもできないじゃないですか」

謂れのない非難を受けて、馬場さんは困った顔をした。

「そんな、私に言われても」

そうだろう、確かにそうだろう。

馬場さんにはまったく関係のないことだ。

「おはよう、何だどうしたみんな辛気くさい顔をして」

それでも、重役出勤の編集長が姿を現した頃には、編集部はすでにパニック状態に近かった。

「おはようございます。小沢さん」

「おう、馬場。どうした、つるし上げか？」

副部長の村山と違って体格のいい小沢はその身体を揺らして人の輪の中に割り込んだ。

「みたいなもんです」

「編集長、俺の大阪出張の旅費ってすぐに出ないんですか？」

小島が泣きそうな顔で普段なら決して自ら声をかけることのないであろう人物に声をかける。

「何だよ、情けない顔して。そんなの経理に言えば出るだろ。江川くんから伝票もらって…」

「それなんですよ」

「それ？　どれ？」

「江川さん、風邪ひいて休みなんですぅ」

極めて情けない声で、小島はこの集会の議題を報告した。

「江川が？　どうしたんだ」

けれどその後を続けることはできず、後は馬場さんが引き取った。

「風邪ですよ。ここんとこずっと磯田さんの穴の件で走り回ってたでしょう。昨日は春原さんの原稿待たせるんで印刷所に泊まり込んだらしいんです。そしたら朝もう声が出なくて」

「江川って確か…」

「ええ、妊婦ですからね。出て来いとも言えないでしょう。風邪薬も飲めないし。だから了解したとは言ったんですけど」

失って、初めてわかる彼女のありがたさひとしおなのだ。

何にも考えずにオフィスにやって来た者は次々と馬場からそのニュースを聞いては磯田の一件と同じように、いや、もしかしたらそれ以上のパニックに陥ってしまったのだ。

「何せ雑務はいっさい彼女が一人でやってたようなもんですからねぇ」

取引の薄い会社の電話番号がわからない。適当にいつも補充されていた用品が届かない。預かりの古い原稿の位置もわからない。互いのスケジュールの調整も取れなければ伝票のありかもわからない。

「俺今日中に仕上げなきゃならないのにレイアウト用紙一枚しかないんですよ」

「俺だって原稿が」

「出張費が出ないと給料日まで金が」

ただ入り口に座って、みんなの渡す雑用をこなすだけに思われていた彼女は、実際この部を動かすための潤滑油だったというわけだ。

「一応夕方にもう一度電話は入れるって言ってたんですけど、昼間は病院行って連絡は取れないだろうって言ってましたよ」

　すべてを自分でやっていた馬場だけが他人ごと。

「病院か…、それじゃ携帯もダメだな」

「どうします？」

「どうするって…」

　聞かれても編集長も同じように困惑した顔を作るだけだろう。雑務とは一番遠い人だから。

「仕方ない、急ぎじゃないもんやわからん仕事は後回しでいい。レイアウト用紙は重複してもいいから少し届けてもらえ、小島は直接経理に行って聞いて来い」

「俺の伝票も後でいいですか？　ＡＬＬ出版に渡すヤツですけど」

　焦げつきそうだから急ぐと聞いて計算の早い江川に回したのが仇となってしまった。

「中井のやってたヤツか、まあいいだろう。ほら、散れ散れ。いつまでもガン首そろえておろおろしてもしょうがないだろう。自分達で何とかしろ。夕方に電話があったらまとめて聞いといてやるから、聞いてほしいことを書いて持って来い」

「はい」

　命令にも等しい一言を受けてそれぞれが席に戻る。

　だが気分はブルーなままだ。

同僚の病気というだけでも憂鬱なのに、仕事にブレーキがかかるということもあって、一同の口数はめっきりと減ってしまった。

俺もそう。

昨日の落ち込みを、彼女でも食事に誘って挽回しようと思っていた。男同士よりも柔らかな本音の会話を交わせる相手だと思っていたから。

でも江川があまりにもいつも元気だったから、腹も目立ってなかったし、特につらいということもなかったから、気を遣うなんて全然してやらなかった。

軽い自己嫌悪。

自分のことばかりを考えて、周囲を見ていなかった。

悪い時には悪いことが重なる。

それとも因果応報ってヤツなのだろうか。

机の上に広がった紙の山を整理しながらどんどん落ち込んでゆく。

皆に背を向けられた気分だ。

自分だけが一人で動き回っている間に、手の中の砂が零れ落ちるように何もかもがなくなってゆく。

あんなにたくさんのものを持っていたのに。

残っているのはこの机の上を占領するゴミのように自分が欲したわけではないものばかり。

「…ばかばかしい…。少なくとも江川は風邪が治りゃ出て来るじゃねぇか」

だが彼女は俺のものではない。

自分のものは、自分だけのものだと信じていたものは、消えてしまった。

俺を拒絶して、背中を向けてしまった。

「中井さん」

小島に声をかけられてはっと顔を上げる。

さっきまで半べそをかいていた男は心配そうに俺を見た。

「具合、悪いんですか？」

「いや、そういうわけじゃねぇよ。ちょっと江川の心配してただけだ」

「仲よかったですもんね」

「何だ、用事か？」

「ええ、佐原さんの返事欲しくて。例のゲームのヤツです」

「ああ、あれか」

気分が悪い。

「まだ返事もらってねぇんだよ。ちょっと忙しいから待ってほしいって」

聞きたくない名前。

けれど仕事だから『うるさい』と止めるわけにもいかない。

「返事っていつもらえます？」

「わかんねぇな。聞いてなかったから」

「よかったら聞いてもらえます？ 俺、午後にそこの会社の人と会うことになってるんで」

昨日の今日で電話？ かけられると思うか、俺が。

「悪いな、小島。俺、これから出かけなきゃなんないんだよ」

「でも…」

「番号教えてやるから、お前かけてくんないか」

「だってすぐじゃないですか」

「だから、俺らもうつき合いがあるからさ、俺からじゃなく面識のない小島からかけた方がはっきりとした答え言ってくれると思うんだよ」

かたわらのメモを取って覚えてしまっている電話番号を走り書く。

「ほら、これ」

押しつけるように紙を渡すと、小島はそれを見てちょっと困った顔になった。

「でも…。何て言えばいいんです？」

「そんなの、普通でいいだろ。『中井さんから話が行ってると思いますが、ゲームイラストの件どうなってますか』って」

「はあ…」

「ほら、行ってこい。俺は出かける準備があるんだから」

小島を追い出し、エッセイのカットの参考用に買った写真集を紙袋に詰め直す。

出かけるにはまだ早い時間だけれど、今日はあの見せかけだけかもしれない優しさでも欲しい気分だった。

菓子でも買って、彼と江角の話をもう一度詳しく聞いて、それから絵を描こう。

単純な線で一発芸で描かせれば何とかヘタウマと言い抜けることができる程度にまではさまになって来たあの男と、ゆっくりお茶でも飲みながら。

彼の見せる笑顔で、心の穴を埋めよう。彼はまだ、俺を『好き』だと言っているのだから。

たまったFAXをすべて処分し、荷物を持って立ち上がる。

戸口まで来て、空っぽの机を見下ろす。いつもなら元気な声がここから俺を追い出したものだけれど、今日はそれもない。

一時の慰めでも、戻って来た時にはもう少し悪くない気分でいたいものだ。

けれど俺を送る最後の言葉は、相変わらずブルーなものでしかなかった。

「中井さん、佐原さん留守みたいですよ」

小島が背中にかける声。

「何度かけても誰も出ません」

だがそれに答えてやる元気も、俺にはなかった。


約束の時間より一時間も早くついてしまったから、ドアに鍵がかかっているのだと思った。タイミングが悪かっただけだと思って、車の中でシートを倒して横になって時計を見ていた。買って来たプリンは結構美味い店のもので、自分が好きだから遠回りして手に入れたのだが、きっとあの男も好きだろうな、とか考えていた。

けれど約束の時間になってもう一度鳴らしたインターフォンに答える声がなかった時、嫌な感じがした。

普通の一軒家。

玄関のドアを手でノックする。

インターフォンも何度も鳴らした。

携帯から電話もしたが、『タダイマルスニシテオリマス。ゴヨウノカタハ、ピーットイウハッシンオンノアト…』という機械の声が流れるだけ。

不躾かと思いつつ回る庭。

だがそこも雨戸は閉まっていなかったけれど鍵はかかっていた。

大きなサッシ。レースのカーテンといつも開いているところしか見ていなかった淡い黄色とグリーンのストライプのカーテンが遮って中が見えない。

この中に入れれば、癒されると思っていたのにそこへ行けない。

暗い考えに陥ってしまいそうになって、俺は車に戻った。

ぴったりと壁につけて停車した車にはスクリーンなんてしゃれたものは貼っていないから外から丸見え。

スーツを着たままごろんと横になっている姿を何人かの主婦や子供達がちらちらと盗み見る。

休んでサボっている営業か何かとでも思っててくれればいいが。

ケーキ屋で入れてもらったドライアイスは持ち帰り一時間分だった。

外の空気に寒さが増すからつけたヒーターの中、それはどんどん気化していってしまう。

時計の針はゆるゆると、それでも止まることなどなく三六〇度のマラソンを続けている。

途中、小島が携帯に電話を入れて来た。

『あの後も電話したんですけど、ずっと出ないんですよ。本当に忙しいって言ったんですか？　旅行でも行ったんじゃないんですか？』

と聞かれても、俺にはわからない。

「家庭の事情とかって言ってたからな、実家戻っててんのかもしれない」

『そんなぁ』

「もうちょっと頑張ってみろ」

『あ、中井さん』

もしかしたら、あの時の電話の主と一緒にいるのかもしれない。

『来てくれ』と言っていた。

あれは自分を連れ出しに来てくれという意味かもしれない。そしてその誰かは佐原を連れ出してしまったのかもしれない。

大学の時からずっと、あいつが誰かに甘えるとかねだるとかいう姿を見たことなどなかった。

もちろん自分は別だが。

『ああ』とか『うん』とか、そんな簡潔な返事しかしないようなヤツだった。

同学年の友人達と一緒にいるのも何度か見かけたけれど、自分から入った人の輪ではなく、成り行き上仕方なく一緒にいるといったようにしか見えなかった。

長い渡り廊下。

ガヤガヤと騒ぐ後輩達の群れ。

おそらくすぐ前をいく三人組のグループに属しているのだろうが距離をおいて黙ってついてゆく佐原の姿。

大体はそんなものだった。

彼の風貌に興味のある者はあいつを訪ねたり近寄ったりはしたけれど、あいつが望んで誰かを呼ぶのは俺だけだったと思う。

なのにあの時、電話の相手には柔順さを見せ、最後にはその相手を望んでいた。

俺以外いないはずなのに。

そうだ、俺しかいないと言ったはずなのに、あいつはちゃっかりスペアを用意していやがったんだ。

俺はこうして一人でいるのに、あいつは今『一人』ではないのだ。

裏切られた、そんな思いがした。

ひどいのは俺じゃなくてあいつの方じゃないか。

俺は江角にもなびかなかった、睦月にもなびかなかった。二人に誘われても、あいつのことしか考えられなかった。

なのにあいつには俺だけじゃなかったのだ。

考えれば考えるほど、最後の電話の相手が気になる。

仕事の依頼を断った時の佐原の態度も変だった。

妙によそよそしく、キスもせずに俺を追い出したっけ。

あの時にもうすでに電話の相手と何かあったのだとしたら…。

絶対に自分は悪くない。その自信があるから余計腹立たしく悲しい。

胃が痛みそうだ。

胸もむかむかする。

目を閉じて、シートの上でそんなことばかり考えていると、いつの間にか睦月との約束の時間を三時間も過ぎてしまっていた。

早くも傾き始めた冬の太陽が車の中にオレンジ色を零しているのに気づいて、慌てて車を出る。

もしもを考えて、今度は手ぶらでもう一度玄関まで行ってインターフォンを鳴らしてみた。

空っぽの家に響く音。

カーテンの閉じた窓は空と同じ色で無言のまま輝いている。

俺を迎えるはずの足音は、その家からは聞こえて来なかった。

約束をしたのに、睦月は留守なのだ。

「…何だってんだよ」

毒づいて蹴る玄関のドア。

泣いてしまいそう。

誰もいない。

自分を待つ者が、本当に誰もいない。

自分を必要とし、自分を抱く者がどこにもいない。

少し高くなっている睦月家の玄関から振り向いて見る家並み。どこまでも、人の住む場所は広がっている。見えるばかりじゃない、見えないところにまで、ずっと続いている。

けれどそのどこにも『俺だけ』を望む者はいない。

電線が、この家から電信柱に伸びている。電信柱から、またその先の柱に、そのもっと先にまで。

けれど俺が発信する気持ちは届く先がない。

「俺のことを好きだと言ったのに」

だがその一言は睦月のためのものではなかった。

恨むのは、恨まなければならないほど俺の信用と愛情を勝ち取ったたった一人の男だけだから。

胸が詰まって、苦しくなるから、俺は車に走って戻った。

携帯を取り出して、会社に電話をかけ、睦月から電話がなかったかと聞いてみる。

小島はすでにおらず、出た他の者がただの一本も俺宛ての電話はなかったと告げた。

なげやりな気分のまま、空を仰ぐ。

そうしたくないしたくないと思いながら、俺はもうとっくに佐原に依存していたというわけか。

こんなにも、あのバカを欲してしまっていたのか。

のろのろと門を出て、車に乗ると俺はそのまま真っすぐに自分のアパートへ向かった。

もう、どうでもいい。

仕事なんかしてられるか。

ただ俺は眠りたいんだ。

誰も温めてくれないのなら、自分で酒でも飲んでぬくぬくと温まってやる。

そうだ、もう俺はなにがどうだっていいんだ。

仕事も、絵を描くことも、江角も、睦月も、佐原も。

もうどうだっていいんだ。

そして――

小島の呪いが効力を発揮したように、睦月冬士はいなくなってしまった。

翌日も、かけた電話に出たのは女の声にも似た合成の機械音。

「『スタジオ玉兎』の中井です、一度ご連絡ください」

と三度吹き込み、同じ内容のＦＡＸを送ったけれど、返事はなかった。

帰りがけに家にも寄ってみたが、瀟洒な家は門灯だけがポツンと灯るだけで、後は黒々としたシルエットの中に沈んでいた。

悩んで、悩んで、声さえかけなければいいかと自分を納得させ立ち寄った佐原のアパートも、同じように窓を黒くさせていた。

二人とも、いないのだ。

『担当作家に逃げられる呪い』とあのバカは言っていたっけ。

まさにその通りになったわけだ。

それも一人ならず同時に二人。

佐原の方は仕事がらみではないが、確かに『逃げられて』いるわけだし。

睦月には逃げられる覚えはなかったし、最後に別れた時もそんなそぶりは見られなかったのだが、何となく流れからやっぱり『逃げられている』ような気がした。

悪い罠に嵌まった気分。さもなくば底無し沼に足を入れてしまった気分。

部屋に戻っても何もする気が起きずにエアコンをガンガンにかけて部屋を暖め、近所のコンビニで買って来たビールを飲み散らかした。

翌日は土曜だったが、午後を過ぎてから江川がいない分押した仕事をしに会社に出向き、帰りにはまた二軒の家を回る。

どちらも、変化はなくただ俺を拒絶するように闇に沈んだままだった。

いったいどうしてあの家に明かりが灯らないのかと考えるのもおっくうで、インターフォンを鳴らすこともドアをノックすることもなく、車から降りることさえしなかった。

眠ってしまおう。

ただ眠っていれば悪いことは起きない。

後ろ向きだが今の自分にはそぐう考えだ。

遅く、なるべく遅く起きようと心に決め何度も寝なおして、何度も夢を見た。

嫌な夢だった。

小さなアパートへ向かうと、佐原が引っ越しの支度をしていた。

本を縛りあげ、少ない衣服をダンボールに詰め込んで、あいつは背中を丸めていた。

俺がやった古いカワセミの絵は、真ん中のところで二つに折られ、一斗カンの中でチロチロと燃え上がり始めた炎の中を飛んでいた。

『好きだ…』

と言っていた。

『キレイだ…』

とも言っていた。

俺に執着し、俺があいつの元を逃げ出した時にもずっと手元に置いていた絵なのに、あいつは捨ててしまったのか。

もうそれはいらないのか。

それを大切に飾っておきたいと思う気持ちはないのか。

青い翼を持ち、黄色いクチバシを持つ小さな鳥は、まるで夕焼けの空を飛ぶように火の中で小さくなり、やがて灰となってカンの中へ落ちた。

そうか、俺に置いていかれた時のお前の気持ちはこんなだったんだなぁ。

あの頃、佐原を好きになって、なり過ぎて溺れるのが嫌で、俺は黙って逃げ出してしまった。お前に連絡先の一つも教えず、何もかも中途半端なまま電車に乗ってしまった。

あの頃すでに俺のことをすごく好きでいてくれたお前にとって、俺の突然の失踪はこんな感じだったんだ。

悪いことを、したかもしれない。

でも今お前がしていることに比べればそれも大したことじゃなかっただろう。

だってお前と俺が別れた時、まだお前は俺を一番に愛していて、絶対に離したくないとは言っていなかったんだから。

今の俺はどうだ。

お前がそう言うから信じて、お前と恋愛しようと心に決めて、置いていかれている俺はどうすればいい。

背中を向けて、畳の隅で荷物を作る小さな佐原。

振り向いて、もう一度俺に抱き着いて来いよ。

『ごめんなさい』って、小さな子供のように泣いて謝ったらまだ許してやるからさ。

『嫌いだから』なんて言わないで、もう一度『好きだから』って言えよ。俺がいないと死んでしまうって。

だが夢の中の佐原はついに一度も振り向かなかった。

眠り過ぎて目が溶けるかと思うほど睡魔に身をゆだねても、彼の顔を見ることはできなかった。

頭が痛くて、食事をする気にはならなかったが喉は渇いていた。

むっくりと起き上がって見た枕元の時計は午後三時。

『午後三時。三時というのは、何をするにも遅すぎる、あるいは早すぎる時刻である』とどこかの偉大な哲学者が言っていたっけ。

まさにその通りだ。

今から着替えて休日出勤するにはもう遅い気もするし、飲みに出るには早い。

睦月のところの絵でも描くかとも思ったが、今はそんな気分でもない。江川のところへ見舞いに行くことも考えたけれど、日曜だと自宅でダンナもいるだろうからそれも怠い。

結局、パジャマに上着を引っかけてまたごろりと横になりテレビをつけるぐらいだ。特に見たいと思っていない、画面に向ける視線。

テレビ欄を見てチョイスする気もない。

時間の感覚をなくすほどぼうっとした頭。

空腹に耐えかねて保存食代わりに買っておいたカップめんを食べ終わった後、その電話が鳴るまで、俺の頭は空っぽだった。

くだらない情報番組の司会が、意味のない笑い声を響かせる上を塗り込めるように鳴る電話の音。

さして何も考えずに取った受話器の向こうから聞こえる声に頭のスイッチが入る。
『中井か？』
それはたとえ今どんな誘いがあったとしても、抱かれたくないと思う男の声だった。
『出て来ないか、話があるんだ』
そう、この最悪の事態を引き起こした張本人、江角 剛の。

「ものすごい面だな」
「どんな面でも来ればいいでしょう」
「風邪でもひいたか」
「寝過ぎただけですよ」
「瞼が腫れて泣き顔のようだ」
「まさか、俺はそんなしおらしい人間じゃないですよ」

断るはずの誘いだった。

出て行くものかと思った。

けれど電話の主はツボを心得ているかのような文句を使ったのだ。

『出て来ないか、話があるんだ。佐原と睦月のことで』

二人の名前を並べてこの男が口にするのは少し不思議な気がした。

彼が二人が今現在行方をくらましていることを知っているようにも思えなかった。

けれどその二人のことは今自分が一番に知りたいことだった。

だから渋々服を着替えて彼の言うとおりこの部屋へ来てしまったのだ。

「奥へ入れ。少し待っててくれ」

「待つ？」

「アシスタントがまだいるんだ。彼等の前でまたコーヒーをぶっかけられちゃたまらんからな」

部屋は、あの仕事場のマンションだった。

いつも、ここへ来る時は江角一人しかいない時だったから、『アシスタントがいる』と聞くのは意外だった。

空っぽの机だったところに若い男と若い女が座っている。

俺が入ってゆくと二人はにこやかに会釈をくれた。

「奥で待っててくれ、すぐ終わるから」

いつもは通さない江角の仕事部屋に通され、所在なく俺はそばの椅子に腰を下ろした。画材と本に囲まれた大きな机。椅子は俺が腰を下ろしたものを含めて三つあったがどれも奇抜なデザインのものばかりで、きっとインテリアのつもりで置いてあるのだろう。

仕事の匂いしかしない部屋。

ソファのある場所に通さないのは俺をもう客とは思っていないということなのだろうか。

ホテルで罵声と共にコーヒーを浴びせかけ、一人で残したのだから、彼が怒っていても当然だろう。

元々、江角は俺にぞっこんだったわけじゃない。

遊びの相手にはちょうどいい、ルックスが好み。そんな程度だった。まあ絵も好きだとは言ってくれてたか。

それで佐原に取られると知って再びちょっかいを出しただけなのだから、気に入らなくなったら特に心を向けるようなこともないだろう。

今日呼ばれたのだって、本当はホテルの恥の意趣返しで俺をいたぶるためかもしれない。

そこまで考えると、思わず苦笑してしまった。

何という冷静な判断。

そこまでわかっていたのに、どうして俺はここにいるんだ。

すでに江角に対する興味さえなくしかけているのに。

答えはわかっていた。

彼が、『佐原』の名を出したからだ。

ばかばかしい。まんまと撒かれた餌に飛びついてしまったってワケだ。

「中井、こっちへ来るか」

ドアが開いて江角が呼ぶ。

「どっちでも、江角さんのいい方でいいですよ」

そう答えると、彼はドアを後ろ手に閉めて中へ入って来た。

「外の二人は？」

「今帰った」

「仕事、忙しいんでしょう」

「というか今は事務だな。まだいろいろゴタゴタしてるから。今時は絵だけ描いてりゃいいってワケでもないし」

俺の座っている椅子は、スツールのように一本の長い足を持ったものだった。だから安定が悪くて、少し重心をずらすとふらふらと揺れた。

江角は火のついたタバコをくわえたまま俺の前を通り、自分の定位置に深く腰を下ろす。もちろんデスクの前の椅子だから背もたれのある座り心地のよさそうなものだ。

「吸うか？」

差し出されたタバコに首を振って自分のをポケットから出す。

細かな彫り込みのある銅でできたジッポーを鳴らして炎を生み、それで吸いつけた。

「それで？」

ふてくされた態度で煙を吹いたが、それは江角にまでは届かなかった。

「話って何です？」

江角が自分のとは別に飾ってあった未使用のガラスの灰皿をこっちへ押して寄越す。俺はそれを汚すのを喜ぶように最初の灰を落とした。

「電話で言っただろう。佐原と睦月のことだ」

「なぜ二人の名前を並べるんです。別々のことでしょう」

「まだお前はそれを別々のものと思ってるのか？」

「…何です？」

相手は、俺を騙し佐原を嵌めた男だ。

それがわかっているのに、俺は彼の言葉に困惑した。

「どういうことです」

「まだお前はあの二人に繋がりがないと思っているのかと聞いてるんだ」

唐突な提案。

「何言ってるんです。何であの二人が…」

江角は『ふうん』という顔をした。

佐原と睦月が知り合い？

そんなこと、あるはずがない。

江角ほどの立場なら、売れっ子の作家と知り合う機会があったと言っても素直にうなずくことができる。どこそこのパーティで会ったと言っても納得できる。

だが貧乏イラストレーターの佐原がいったいどこで睦月と知り合えるというのだ。

「佐原のことは…『多少は』悪かったと思ってるよ」

江角は自分の灰皿に長くなった灰を落とした。

タバコが灰皿の縁に当たる音が微かに聞こえる。それほどこの部屋は静かだから。

「俺はあいつが嫌いなんだ」

「それは何度も聞きましたよ」

話題は別のところから入って来る。はぐらかすつもりなのか外堀から埋める気なのか。どちらだかわからないから、取り敢えず俺は口を挟まなかった。

　挟む質問もまだ思いつかなかったし。

「最初はあいつがただ目障りなだけだった。そうだな…、あれにあるとすれば絵の才能が自分と異質だから、そう思っていた」

「ありますよ。少なくとも俺が認める程度には」

「恋人じゃなくても、仕事を回してやりたいと思うほど？」

「ええ。あんな性格からは考えつかないほど繊細な絵を描きますからね」

「考えつかない、か。案外それが本性かもしれないがな」

「それで？　佐原の絵の才能についての議論ですか？」

「いや、そうじゃない」

　彼の指先で短くなったタバコが消される。

　吸っていなかったからそれで終わりかとも思ったのだが、彼はまた新しいものに火を点けた。

「最初は、と言っただろう。今回あいつを苛めてやろうと思ったのは、やっぱりお前が惜しいからだったみたいだ」

　その言葉に、俺は短く笑った。

「今更？」

「ああ、今更だ」

「どうして。俺が死ぬほど好きなんですか？」

「正直言って、それほどではないとは思っている。お前が絶対に手に入らないものなら、諦めることはできるだろう」

「なら何で」

「たぶん、相手があいつだからじゃないかな…」

わかったようなわからないような言い訳だ。

「前にも言ったと思うが、俺はお前が自由にふらふらしているのを見るのが好きなんだ。まるで、自分が描いた絵のように、お前を愛してる」

自分のタバコの灰を落とすために手を伸ばすと、また椅子はゆらゆらと揺れた。

嫌な気分だ。

「だから俺を佐原から引き剥がしたい、と？」

「そこまででもないな。いやわからない、多少はそんなつもりもあったのかもしれない。俺は、自分が中井を手に入れられないことはわかってる」

淡々とした口調。

まるで懺悔のようにも聞こえるが、これはそんなにいいもんじゃない。

「負けを認めてもいい。どうせ俺は負けるんだ」

「佐原に？」

「お前にもな」

「俺に？」

「袖にされてる」

　互いの唇が笑うように歪んだ。それぞれの思いで。

「いいか、先に言っておく。俺はこの勝負には負けてるんだ。だから少しくらい悪いことをしても許されるんだ。可哀想な敗者なんだからな」

　よく言う。

　今この時点での敗者は俺じゃないか。

　皆にいいようにされて一人きりでいる、この俺じゃないか。

「だから俺は佐原には謝らない。お前にも」

「ずいぶん大きくでましたね」

「なあに、後ですべてがわかれば可愛いもんだと思ってもらえるさ」

「すべてがわかる？」

　江角は俺のその問いを聞き流した。

「お前が俺よりも佐原を好きなら、佐原は俺よりも憐れじゃない。その理屈はわかるだろう」

俺は江角のその言葉を聞き流した。

「俺はお前も嫌いだ。ある部分にはとても惹かれてるが、ある部分はとても憎んでいる。…そうだな、自由で、高慢で、綺麗な中井は好きだよ。自分の腕の中でも、他人の腕の中でも。だがお前は佐原の元にいる時だけ少し色を変える。以前、お前はあいつと一緒にいても自分は自由だと言ったな。けれどあの後誰かと遊んだか？」

「そんなこと…」

「していないだろう？　結局、俺の好きだった奔放な中井佑貴は佐原夏津也に殺されてしまった。さっきお前は俺の絵のようだと言っただろう。とすれば俺の大切な絵はあの男に破られたことになる。あいつを好きになれない理由はそれだな。そしてお前を嫌う理由は、俺が塗った色のままで留まっていないことだ」

「抽象的なことを」

「だがわからない話じゃないだろう。俺にコーヒーをかけてあいつを追ったお前は昔の中井とは違う」

「俺が佐原にぞっこんだって言うんですね」

彼は満足そうに笑った。

「認めたくないか」

人をイライラさせる笑いだ。

「認めない方がいい。そっぽを向かれるとイライラする、そういう方がお前らしい」

「俺らしいらしくないは自分で決めます。いったい何が言いたいんです。さっきから禅問答みたいにねちねちと。それこそ江角さんらしくないじゃないですか」

「らしいさ、極めてね。俺は自分の玩具を取り上げた人間には最大の敵意を払うことにしてるんだ」

「一度泣かせたら気が済むんじゃなかったんですか」

「佐原にはな」

「どういうことです」

江角はずっと指先に吸わせていたタバコを口に運び、深く吸い込んだ。

消えかかる煙が長く吐き出され、彼の目がまた厭味ったらしく笑う。

「お前だって、俺の大切な中井を消してしまった犯人じゃないか」

ずいぶんな悪人面じゃないか。

もう優しい先輩や鷹揚な人格者を気取るつもりはないらしい。

彼は近くのペン立てからピンクのマーカーを取り出すと、タバコは唇に挟んだまま指先でくるくるとそれを回し始めた。

「だから、お前は俺に苛められても仕方がないんだ。あの時、佐原を追いかけなければもっと優しくしてやったのに」

「江角さん！」

「睦月の話をしよう」

「江角さん」

「あいつと会った時のことを鮮明に思い出したよ」

俺の制止を聞くつもりはないらしく、彼はそのまま視線を手元のペンに向け語りだした。

「初めて会った時のことはいいだろう、ここでは関係ないから。お前の話をした時のことがいいな。あれは成田壱也の開いた飲み会でのことだった」

「それは聞きましたよ」

「もう少し詳しく教えてやるのさ。あいつは俺のところにやって来てこう聞いた『江角さん、スタジオ玉兎って知ってますか？』とね。酒の席で何度か言葉を交わしてはいたが親しいというほどの間柄ではなかったから、突然声をかけられて少し驚いたよ。ちょうどお前に頼まれて原稿を出した頃だったから、素直に今度そこからイラスト集を出すんだと教えてやった。

そうしたらあいつは急に興味を持ち出して、あそこで作家に直接会う人達は編集なのか、編集は何人いるのか、若い男を知っているかと聞いて来た」

話が…少しおかしい。

「だから言ったさ。俺の担当は若い男で、俺の大学の後輩だった。名前は中井というのだが、悪くない編集だ。誰か知り合いでもそこで仕事をするのかい、とね」

何かが少しおかしい。

「俺とお前の仲をいちいち他人に説明するのは面倒だし、あれはイザコザがあったすぐ後だったから、大してつき合いがあるようには言わなかった。だが諌早は…、睦月は中井の名前が出るとさらに俺に質問を続けた。中井というのは『中井佑貴』という名前ではないか、もしそうならその人はどんな人なのかと」

「嘘だ！」

俺は椅子を鳴らして立ち上がった。

「何であの人が俺の名前を知ってるんだ。そんなのあんたの作り事だろう」

激高した俺の声とは裏腹に、江角はひどく落ち着いた声で俺を諭した。

「座れよ。作り事だと思うのならそれでもいい。だが最後まで聞く価値はあると思うぞ」

だが『嘘ではない』とは言わなかった。

俺が黙って座ると、彼はまた話を続ける。

まるで催眠術にかかった患者のように、今の自分には彼の言葉を終わりまで聞くしかないようだった。

「彼に問われるまま、俺は答えてやった。中井は、編集部にいる男で、イラスト班とか何とかいう部署にいる。年は俺よりも年下で、ハンサムで少し軽い男だが、センスは悪くない。だがすぐに思った。そうだ、中井はイラストの人間じゃないか。どうして小説家の睦月が彼の名前を知っていて、彼のことを聞きたがるのだろう、と」

「なぜだったんです…」

「知り合いが、スタジオ玉兎に世話になっているのだと言った。担当が中井という男なのだと」

動悸が、激しくなる。

彼の術中にはまってしまう。

「誰かと聞いたら、すぐに答えたよ。佐原夏津也だと」

「嘘だ！」

「本当さ」

「嘘に決まってる」

「睦月は俺の知り合いじゃない。お前のことを知ったのは俺からじゃない。あいつは中井の名前を、佐原から聞いたんだ」

「嘘だ！」

だって、その話が本当なら佐原は俺を抱いて、俺なしではいられないと言った時すでに睦月と親しくしていたということになるじゃないか。

あの激しさの裏で、もう一人の人間に手を伸ばしていたというのか。あいつにそんな器用なことができたと。

「俺がお前から睦月の話を聞いた時のことを覚えてるか？　俺は意外だという顔をしただろう。それは当然さ、佐原と睦月が知り合いだと思っていたんだから。あいつらがとっくにそれを話していると思ってたんだ。なのに二人はそれを隠していた、なぜだと思う？」

聞きたくない。

考えたくもない。

「お前に言えないような関係だからだよ」

「江角さんっ！」

「睦月はああ見えてもしたたかな男だ。お前を担当に選んだのも、自分の恋人の、もう一人の相手を見てやろうって魂胆だったんじゃないのか？　さもなければ自分の担当に仕立てておいて後でミスを犯させて追い払うとか。思い当たることは一つもないのか？」

抵抗しても、彼の言葉に屈服させられる。

そうだ、思い当たることなんかいくつもある。

彼は俺が江角に会ったと聞くとひどくうろたえていた。そして江角が自分を紹介したことを肯定したと言うと驚いてもいた。

江角もそうだ。

あなたが睦月さんの知り合いだったんですね、と言ったら黙り込んでしまった。

そして言ったのだ。

『楽しいことになりそうじゃないか』

『そうさな、あいつのひどい絵とお前の綺麗な絵が、偶然一緒の本に載って、一本の繋がりができるってことがさ』

『面白いもんだ』

江角の言葉が正しければ確かにそうだろう。

三角関係の対角にいる者が何も知らず一緒に仕事をするというのはさぞや部外者には『面白い』ことだろう。

俺の描いた絵を見せて、羨ましがらせるのは誰だ?

俺が佐原を思い浮かべたあの猫に似ていると言った睦月の知り合いとは誰だ?

それに、俺は一度彼が佐原のそばにいるのを見たこともある。正確に言えば見かけたと思ったこともあった。

佐原に追い出された後、アパートに面した道でさっと姿を消した人影だ。あれは見間違いなどではなく、佐原の部屋を訪れた睦月本人の姿だったのではないのか?

「思い当たりがあるんだろう? 佐原と睦月が親しいと思えることが」

では、あの時『来てくれ』と佐原が頼んだのは睦月だったのか?

「もし疑うなら、直接本人に聞けばいい。悩むだけ悩んで、事実を聞けばいい」

二人同時にいなくなったことも関係あってのことだと?

「お前がご執心の男は、お前だけじゃなかった。睦月冬士というもう一人の人間に心を傾けていた。睦月ならば、きっとあの男を飼うことだってできるだろう。仕事を回してやることだってできるだろう。お前よりも、あいつをわかってやれるかもしれない」

指先が熱くなって、タバコの火がフィルターに燃え移る嫌な匂いがした。

消すまでもないような燻る残り火を強く捻じ消す。

「こんなことをして…江角さんにどんなメリットがあるって言うんです」

「メリットはないな。ただ苛めてるだけさ。子供のように」

何が子供だ。

これは陰湿な大人のやり方じゃないか。

ずっと、佐原と睦月のことを知っていて、いつかそれを暴露しようとてぐすね引いて待っていたクセに。

「…帰ります」

「中井」

「もういいでしょう。言いたいことはすべて話し尽くしたでしょう」

「待てよ」

だが俺は立ち上がった。

「泊まって、行かないか？」

「俺を苛めて楽しんでる人間の部屋に？　冗談でしょう」

「それなら、また来るといい。俺を許せると思ったら。もしお前がもう一度ここを訪れたら、俺は
もう二度と…」

「二度と何です」

「あのバカには手を出さないと約束するよ」

もう、そんな言葉も信じられなかった。

何も言わず背中を向けて彼を置き去りにして部屋を出る。

もう誰もいない空っぽのオフィスを抜けて玄関へ向かう。

江角は、追って来なかった。

言うだけ言って満足したのか、自分の醜さに自分ながら多少なりとも反省したのか。覗きにも来なかった。

靴を履いて、重たいドアを開ける。

外の空気はもう冷たく、腕から背中へ駆け抜ける寒気が震えを走らせた。

今まで考えもしなかった最悪の事態。

引っかけていたジャケットのポケットに両手を突っ込んで背を丸める。

縮こまるのは寒いからだけじゃない。落ち込む気分がそうさせるのだ。

これからどうしようなんて、考えることもできない。一段落ちれば、また次の奈落が見えていて、次から次へと時間の経過と共に下へ降りてゆくだけじゃないか。何一つ、答えの出ることなどなく、何一つ、明るい希望もない。

「気持ち悪い…」

マンションの壁に手をつきながら、俺は上がって来る嘔吐感を抑えるのに必死だった。

そして零れてしまいそうな嗚咽も…。

翌日、俺は熱を出して寝込んだ。

風邪だとは思うけれど、身体的なことだけではない寒気のせいでもあっただろう。

だるくて、頭が持ち上がらず、目も腫れぼったくなっていた。

ごそごそと這い出して、やっとのこと会社に電話を入れると、電話口に出たのは江川だった。

『何だ、今度は中井くんなの？』

まだいつも通りというわけにはいかないが、元気な、聞き慣れた声が耳に心地よい。

『何だかウチも大変よねえ。嫌なことばっかりでやんなっちゃうわ』

まったくその通りだ。

「悪いな、急ぎの仕事はないから今日一日頼むよ」

掠れた声は同情を引くらしい。彼女はすぐにＯＫと答えると、自分から部長に言っておくからと約束してくれた。

『伝票の方もやっといてあげるわ』

「悪いな、何もかも」

『何言ってんの。病気になるとずいぶん殊勝じゃないの』

「いなくなって、お前のありがたみが身に染みたのさ。あんまり無理するなよ、もうそろそろなんだろ」

『さっき部長にも言ってもらったわ。…ああ、ありがとう。今なんか、小島くんがお茶入れて来てくれたわよ』

「お姫様だな」

笑うと、喉が少し痛かった。

『独身時代にこうありたかったわねぇ。じゃ、あんまり長電話しても何だからもう切るわよ。明日はどうすんの？』

「わかんねぇな…。今担当の睦月さんが行方不明だからな」

『あら、さっき電話あったわよ』

その一言に、思わずベッドに身体を起こす。

「何だって！」

『別に。後で電話しますって』

帰って来たのか？

それじゃあ佐原の方も…。

「…江川。明日もし俺が昼までにそっちに行かなかったら、自宅で例のイラスト描くって言ってましたって言っとけ。村山さん辺りを通せばスムースに行くだろう」

『いいけど、どうしたの？』

「頼むよ。嘘じゃないからさ」

『はいはい、わかったわよ。その代わり今度奢んなさいよ』

「いいよ、レストランでも何でも奢ってやるよ。出産祝いも何か出してやるから考えとけ」

『…どしたのよ、気持ち悪いじゃない』

「病気でちょっとナーバスなんだ。つけこんどけ」

ナーバスだから、誰か、自分の目の届くところで自分の好きな人間が自分の代わりに幸福になってくれればいい。

そうすればこの悪い環境に少しはしっぺ返しができる気がするから。

「じゃあな、頼んだぞ」

電話を切ってすぐ、俺は起き上がって体温計で熱を計った。

三十七度ちょうど。

無理をすれば出かけられないことはない。

頭が痛いから、同じ薬箱から出した鎮痛剤を二錠口にほうり込んだ。風邪薬よりもそっちのが効きそうだったから。

冷蔵庫を開けて、冷たいトマトジュースを胃に流し込む。

昨夜から大したものを食べてはいないのに、不思議と空腹は感じなかった。

クローゼットから引っ張り出したグリーンのシャツにグレイのフリースのベストを羽織る。その上に綿の入ったシャツと揃いの色のジャケットを着込む。

出かけて、自分は何をしようというのだろう。

江角が言ったように、二人の関係を問い詰めるのか?

だとしたら向かうのは佐原のところではなく睦月のところだ。

そんな質問を佐原に投げつけて、答えが意に添わないものだったら、自分がどんな醜態を晒すかわからないではないか。

会社用のバッグから財布だけを取り出してポケットに突っ込む。

もたもたと靴の紐を結んで部屋を出るまで、五分もかからなかった。

間の抜けた空に白い雲が流れてゆく。

その下を、ひどく重たく歩く自分。

車にしなかったのは薬を飲んだから。熱でぼーっとした頭で事故るなんてごめんだ。

睦月の家へは車でしか行ったことはなかったが、何とか道はわかった。私鉄を乗り継いで一時間足らず。

意を決して訪れたのに、家はまだひっそりとしていた。

鳴らすインターフォンも空しいばかりだ。

「留守…か」

では佐原は？

佐原もまだ帰っていないのか？

踵を返して見せかけだけの家に背中を向ける。

俺は…、何をしたいんだろう。江角の言葉に躍らされてわざわざこんなところまで出て来て、空っぽの家を巡回して。

ちやほやされることに喜んで道を誤り、泣きそうになって堪えるための努力をし頭を痛めてる。

自分は悪くないけれど、他人が勝手に俺を使って何かをしている。それを感じながら流されて、胃を痛めてる。

「ああ、クソッ。性に合わねぇ」

薬が効いてきたのか、目を覚ましてからずっと住み着いていたこめかみの痛みは薄らいで来た。

軽くなる頭で、もう一度考え直すと何と自分らしくないことをしていることか。

まだ日が高い空はこの間打ちひしがれて見上げたものと表情が違う。

この、長く続く家並みに、自分の向かう家がないと思うのなら、どうして俺は自分でそれを探しにいかないのだろう。

どこにもないと決めつける前に、どうして動いてみなかったのだろう。

江角の意味深なセリフを聞いた時から、睦月の思わせ振りな態度に気を取られてから、佐原の拒絶に対峙してから、俺の人生は悪い方向に向かってばかりだ。

けれどどうして、それはみんな『誰か』のせいなんだろう。

俺様の人生を決めるのが、どうして俺ではないのだ。他人任せに生きることなど最低最悪だと思っているのに。

確かに、俺の人生は逃げてばかりの生き方だったかもしれない。

けれど今日まで、『逃げる』ということすら自分で決めて来たじゃないか。

佐原に惚れ過ぎたせいでものが見えなくなっていたのか。

あいつが俺を嫌いでも、俺があいつをまだ好きでいるなら、あいつの首に縄でもつけて引っ張ってくればいいじゃないか。

泣いて『戻って来てくれ』と言えないなら、高飛車に『戻れ』と命令すればいい。

失いたくないものを、他人の手に黙って渡すなどおよそ自分らしくないことだ。

俺は胸を張って空を見た。

まだ太陽は高い。

まだ歩き回る体力はある。

それなら、あそこへ行ってみるべきだ。

もしあいつがいないのなら、戻って来るまであの部屋で待っていたっていい。合鍵は持ってるんだから。

ふっ切る、というのはこういうのを言うのだろう。

もうどうでもいいと思うなら、もうどうでもいいと思って動く方が俺らしいじゃないか。

駅まで速足で戻って切符を買い直す。

自分のアパートへ戻る道ではなく、佐原のアパートへ向かう。

人の少ない午後の電車に揺られ、流れゆく窓の外を眺めながら、『泣くなら、その後でいい』と強く思った。

もしもこの俺が涙を流すというのなら、すべてのことをやり尽くして、すべての道が閉ざされた後でもかまわないじゃないか。

江角でさえ、本人達に聞いて確かめろと言ったのだから、それを実践するにはばかることはないはずだ。

「二人して、俺をコケにしてやがったら、顔の一、二発も殴ってやらなきゃ気が治まらねえ」

それが強がりでも、空元気でも、見栄を張る方が自分らしい。

俺は絶対に佐原の前に膝は折らない。

だから今から、あいつに膝を折らせに行くのだ。

「絶対いろよ」

何度か降りたことのある駅で飛び降り、改札を抜けて道を走る。

けれど、どんなに強がっても、細くなる道を何度か曲がってそこへ着くと、目眩がしそうだった。

黄色い小さな車。

特徴があり過ぎて忘れられない睦月の家のガレージにあった車がそこにあったから。

「…一人にはできないよ」

そしてブロックの壁の向こうから聞こえて来る声。

「いい、別に」

「でも夏津也」

どちらも聞き覚えのある声だった。

「好きなら焦らないで、な?」

苦しくなったら、泣くのではない。この中井佑貴という男は、苦しくなったら怒るべき性格の持ち主なのだと何度も自分に言い聞かせる。

「せっかくここまで来たんだからお茶くらい飲ませてくれるだろ。喉が渇いてるんだ。頼むよ」

「…俺にもそのお茶、飲ませてほしいな」

アパートの戸口で、二人は抱き合うように身を寄せていた。

揃いのような黒っぽい服。

どちらも見慣れたボサ髪と縛られた長髪。

「喉が渇いてるんだよ」

我ながらちょっとドスの利いた声で声をかける。

二人は、佐原と睦月は、驚いたようにこちらを振り向いた。

「いいだろ」

そして異口同音に俺の名を呼んだ。

「中井さん…」

と、か細い声で。

俺がこんな時にここへ現れるなんて思ってはいなかったのだろう。

二人は顔に浮かんだ驚きの表情を隠そうともしなかった。

先に動いたのは睦月だ。

まるで佐原を庇うように彼の前に立つとこちらに向き直って聞いてきた。

「どうしてここへ…」

間抜けな質問だ。

少なくとも、江角が俺にべらべらしゃべったことのうち、一つは真実だったわけだ。二人が知り合いで、俺にそれを隠していたってことだけは。

しかも昨日今日のつき合いじゃないだろう。何せ『夏津也』と呼び捨てにするのだから。

「もちろん、お前等に会いたかったからに決まってるじゃねえか。中へ入れてくれるよなあ、佐原。わざわざ俺が訪ねて来たんだから」

佐原は何も言わず、先に立って部屋の中に消えた。

その後ろ姿と俺を交互に見た睦月は軽いタメ息をつくといつもの笑顔を浮かべた。

「まったく…、中井さんには驚かされるなあ」

「俺もだよ」

「どうぞ。立ち話も何だから入りましょう」

その部屋へ入るのに、お前に『どうぞ』と言われる筋合いはない。

そこは『俺の』佐原の部屋なのだから、俺が入りたいと思ったらいつだって入れる場所なのだ。

狭いアパートの一室に男が三人、それも各々貧弱ではない体格をしている者が並ぶというのは窮屈なものだった。

こいつのアパートにあるのは小さなグリーンのテーブルと言うよりちゃぶ台と呼ぶ方が相応しいものだけ。だからその小さな円卓を囲むように座る。

喉が渇いたとか言っていたけれど、俺のセリフがそうであったように、睦月のも嘘だったのだろう。

誰も茶など入れに立つものはなく、ただ押し黙って誰かが口火を切るのを待っている。

ジャケットを脱がないまま本棚によりかかった俺は、二人の顔を交互に見た。

いいよ、お前達が言うことがないなら、俺が聞いてやろう。

俺はまず睦月を見た。

「こいつと知り合いだったんだな」

もう敬語なぞ使わない。

この部屋にいる限りあんたは俺の担当作家でも売れっ子の小説家でもないから。

「ええ、黙っていてすいません」

思いの外あっさりと認める肯定の返事。

「ワザと黙ってたのか」

「そうです」

睦月は落ち着き払った態度で笑顔を見せた。

「夏津也が特には言うなというもんですから」

反対に佐原は何も言わずただじっと俺を見ている。

「『夏津也』ね…」

「子供の頃からの古い知り合いなんで」

いちいち笑顔がカンに触る。

「で、佐原はあんたのことを何て呼ぶんだ」

「『冬士』です」

少なくとも、その笑顔に敵意は感じられないが、嫌なものは嫌、だ。

「夏津也、やっぱりお茶を入れてくれないか。俺が中井さんと話をするから」

「でも…」

「大丈夫だ。上手く話すから。俺の方がお前よりも話が上手いってことはわかってるだろう。お前の悪いようにはしないし、台所にいたって、どうせこのアパートじゃ丸聞こえだろ」

佐原は俺から移した視線をしばらく睦月に向け、やがて小さくうなずいた。

「わかった」

命令ではなかった。

けれどこの男は佐原に言うことを聞かせることができるのだ。

それは『俺だけ』のはずなのに。

キッチンへ消えるあいつの背中を見送ってポソリと言ってみる。

「ずいぶん柔順に仕込んだな」

ガチャガチャと、たかが茶を入れるのにどうしてそんなにうるさいのかというくらい物音が聞こえて来る。

「そんなことないですよ。今はしおれてるからでしょう。いつもはもっと利かん気ですよ」

「それで、俺と何を話すって?」

睦月は自分から足を崩すと、俺にもジャケットを脱いで楽な姿勢をすすめた。

彼から促されることに抵抗を感じないでもなかったが、『話す』というなら聞く態勢になったほうがいいだろう。

「まず最初に言っときますけど、俺は夏津也より中井さんの味方なんです」

「何だよ」

「言葉の通りですよ。それを最初に言っとこうと思ってね」

何だか、この話し方は江角に似てるっぽい。

昨日、あいつも何だか先にゴチャゴチャと前置きを述べ立てていたっけ。何か企んでいる人間はよくしゃべるってコトか。

「単刀直入に行こう。俺は長々とした演説や言い訳を聞くのはもうウンザリなんだ」

「いいですよ。それじゃあ中井さんから言ってください。まず俺がそれに答えましょう」

「いいだろう」

ふっと息をついてからゆっくりと開く口。

感情に流されて聞きたいことを聞き逃さないように注意しながら滑り出す会話。

「江角から、話を聞いた」

また驚いたような顔をする睦月。

「江角さんから？　何て？」

その驚きの意味は何なのか。

「お前と、成田さんの飲み会で会いはしたが、俺の話をしたのは自分じゃない、と。先にスタジオ玉兎の名前を出して俺のことを聞いて来たのはお前の方だった。そしてなぜ俺のことを聞くのかと問うたら、知り合いが俺の担当作家だったから、と」

「…まあその通りですね」

「その知り合いってのは」

俺は席を外している人間を指さすためにキッチンに目を向けた。

「あいつだ」

「そうです。否定しません。それで？　それだけでしたか、江角さんが言ったのは。もう一つ、何か大切なことを言ったんじゃないですか？」

自分から、暴露しようというのか？

彼の目は『早く教えてほしい』と訴えている。けれどそれは白状して楽になりたいという罪人のそれではなかった。

「お前と佐原は恋人だったのか？」

聞きたかった一番のこと。

「ずっとつき合ってたのか」

それをまず聞いてやろう。

「江角さんがそう？」

「あいつはそう言ってた。だがお前の口から聞かせろ」

正直に答えてほしい。

いや、正直に答えろ。

「そうですか…」

つぶやく言葉のあと、顎に手を当てて思案する顔。

俺をちらりと見て、キッチンをちらりと見る。

それから、彼は顔を上げて俺に向かってうなずいた。

「そうです。夏津也と俺は恋人同士でした」

「何言ってんだよ！」

ショックを覚えた俺よりも先に、そう叫んだのはキッチンから駆け戻って来た佐原だ。顔を少し赤くして、怒りとは言い切れない表情で睦月を咎めてる。

「うるさいな、お前はお茶入れてなさい」

「冬士、お前適当に…」

「いいから向こうへ行ってろ。俺の言うことをきけ」

強い命令に、なぜか佐原は押し黙った。

不満は見えるのに、彼に盲従しているわけではなさそうなのに、ギャンギャンと吠えた犬はおとなしく首を引っ込める。

目の前の男も、佐原に見せていた立場が上の者という顔を引っ込め、また俺に穏やかな笑みを見せた。

「そうなんです、中井さん。俺と夏津也は恋人同士なんです。というか『だった』んです」

「嘘だ」

「どうして？」

「あいつはセックスの『セ』の字も知らなかったんだぜ。俺が全部教えたんだ。お前とどうこうなってたはずがない」

キッチンからはまた大きな音が響く。

自分を会話のネタにされることが嫌だという意思表示か。

「いつのことです？」

「…大学の時だ。あいつは一年だった」

「そうですか」

なぜ睦月はにやにやと笑っているのだろう。

「じゃあ一年の時、あなた夏津也を抱いたんですね」

「…あいつがタチだよ」

「え？」

何だかそうやって聞かれるとこっちも気恥ずかしくなる。

「あいつが俺を抱いたんだ。…まさか、お前との時はあいつ、抱かれてたのか？」

キッチンはずっとうるさかった。

こっちの声を消そうとするかのように。

「いや、まあ、そうですね。俺にとっては『可愛い夏津也』でしたから。そうですか、あの子がねえ」

「あの子？　年なんて大して違わないだろ」

「俺が夏津也と一緒にいたのはずいぶん前の話です。そのちょっとの年の差が体格の差として現れるような頃の。それで夏津也、童貞でした？」

「覚えてねえな。そうだったかもしれない」

「ふーん」

「お前こそ覚えてねぇのかよ」

「俺？　俺が一緒にいた頃は童貞でしたよ」

睦月は面白そうにそう言うと、小さなテーブルに身を乗り出して来た。

「ねえ、中井さん。俺と夏津也が初めて会ったのは小学校に入る前だったんです。二人が恋人だったというのもせいぜいが高校までの話です。キスしたり、一緒にフロに入ったり、多少触りあったりって程度のものだったんですよ」

「冬士！」

ここでまた佐原のクレーム。

「うるさいな、事実だろ」

だが睦月は一蹴する。

「だからつき合い的には中井さんの方があいつとは深くつき合ってたってことです。それでも、我慢なりませんか？」

「我慢じゃない。ただ気に入らねぇな」

「自分以前に好きな人がいたってことが？」

「それと、今もまだ切れてねぇってことがな」

「切れますよ。もうスッパリ縁を切っていい。夏津也と、二度とそういう関係にはならなくていい。でもその代わり…」

「代わり？」

「あなたが欲しいな」

睦月はにっこり笑った。

そして佐原もまた顔を出す。

「てめえ、何言ってんだよ、冬士！」

水に濡れた手の先から滴をぽたぽたと垂らして、噛みつかんばかりの勢いだ。

「だからお前うるさいって。俺はね、いろいろ考えた結果夏津也より中井さんの方が好きだって自分に気づいたんです」

「冬士！」

「だから中井さん、こんなの捨てて俺の手を取りませんか？」

「冬士！」

意外な、展開だった。

想像していたのとはまったく違う展開だった。

彼等が何でもないのなら、『誤解ですよ』と笑って終わるだろうと思っていた。

もし過去であろうが現在であろうが、二人に関係があったなら、もっと修羅場になると思っていた。

『佐原は俺のものだ、もう近づくな』とかそんなセリフの応酬があると思っていた。

けれど睦月はうるさくがなる佐原をまったく無視して俺だけを見ている。

ここで佐原が怒っている以上、少なくともこれが二人で示し合わせた芝居ではないことは確かだろう。こいつはそんな器用な人間ではないから。

疑うべきは目の前の男の真意だ。

「…どういうことだ」

「どういうことって、そのまんまですよ。口の重い、仕事もない、金もない、名声もない年下の男を捨てて、社交的で金も地位もある男を選びませんか、って言ってるんです。俺もね、中井さんの性格はだいたいわかってきましたからあなたの望む通りにしてあげられると思いますし」

「俺の望む通り？」

「ええ、あなたに自由に金を使わせてあげる。遊び回りたいなら遊び回ればいい。他にセックスフレンドを作りたければそれもいい。そして俺のところに戻って来てくれた時には俺があなたを幸せにしてあげる。俺はあなた以外の恋人は作らないから」

それこそ、まさに夢のような話だ。

理想の恋人と言っても過言ではないだろう。

落ち込んで、悲しみに捕らわれていた時には欲しくて欲しくてたまらなかった『自分』への好意。

俺を抱いて、温めて、優しくしてくれるであろう腕。

「可哀想な夏津也には俺から仕事を回して、中井さんに捨てられても幸せになれるよう努力はしてあげます。何せあなたが『好きだった』人だし、俺にとっても『可愛い夏津也』でしたから。でも中井さんには、もっと大きな幸福を用意してあげますよ。中井さん、今もまだ絵を描くこと好きでしょう？　俺なら、あなたをイラストレーターに復帰させることもできると思いますよ。今回の仕事の件のように」

睦月の誘いは、甘く聞こえもした。

声の響きは『取り敢えず佐原と俺を別れさせるための嘘』とも思えないような気もした。

けれど…。

「お前が、俺と佐原を幸福にするって？」

それに何の意味があるのだろう。

「ええ」

『睦月に』じゃない、『佐原に』でもない。『俺に』だ。

「ふざけんなよ！」

俺はテーブルについていた睦月の肘を弾いた。

「お前がどんなつもりで言ってんのかわかんないし、俺を本当に好きなのかもしれない。でもな、
俺はそんなものは『いらない』んだ」

「俺が、本気で愛して、あなたのことを幸せにしてあげると言っても？」

「いらねぇな」

「どうして。まさかこんな貧乏作家が好きだって言うんですか？」

その答えを、俺は一瞬躊躇した。

恋愛は先に『好き』になった方が負けだ。

だが俺は言ってしまった。

「ああ、好きだね。少なくともお前より」

かまうものか。

先に『好き』と口にしても、俺は絶対にこいつになんか負けない。後でもっと、それ以上に『好き』だと膝を折らせればいいことじゃないか。

「江角さんより？」

「江角なんかどうでもいい、あんなの関係ねぇよ」

心の片隅、佐原の反応がやっぱり少し怖くて睦月に固定する視線。

だが俺は嘘はつけなかった。

「こいつが貧乏でちょうどいいんだ。こいつは俺の言うことを聞いてればいいんだから。お前がこいつを幸せにしてやるって？　そんなの俺には『関係ない』ね。俺を幸せにしたいならいくらでも貢いでくれよ、喜んで受け取ってやる。だがな、こいつにまでどうこう言う必要なんかない」

「どうして？　夏津也が守るのはあなただけでいたいからですか？　夏津也だって幸せにはしてあげるんですよ、彼の喜ぶ顔だって見せてあげるんですよ」

「守るとか守られるとか、そんなの関係ねぇよ。ただこれは『俺のもの』だからだ。俺のものを幸せにするのも不幸にするのも俺だけでいい。確かに誰だって幸せにはなりたいし、いい思いもしたいだろう。でもな、俺以外の人間がどんなにこいつにいい思いをさせてやって、喜ぶ顔を作らせても、そんなもの俺にとってはクソみたいなもんだ」

静かに話をしようと、少しは思っていたさ。

だが我慢ってヤツも俺の性には合わないみたいだ。

「佐原、てめえ何そこにボサッと突っ立ってんだよ。こっち来い！」

呼び声に応えるか応えないか、それは賭けだった

「俺んトコへ来い！」

そして俺は賭けに勝った。

佐原はじっと俺を見つめ、黙ったまま俺の隣に腰を下ろしたのだ。睦月の隣ではなく。

「てめえの口の重いのなんざ最初からよくわかってる。でもな、俺のためならよく回るんだろ。今『俺が』欲しいと言ってるんだ。お前の思う通り『俺に』言えよ。俺を嫌いだなんてフザケたことをぬかした訳を、こいつと俺とどっちがよかったかを」

結果がどう出ても、必ず自分の望む方向へ捻じ曲げて見せてやる。

だって俺が佐原を好きだと言ってやってるんだから。

「中井サンを嫌いだなんて言ってない」

「言っただろ、この間」

「ホテルで怒りはしたけど言ってない」

「その後だよ、ここでそう言って俺をしめ出したろ」

「違う。中井サンが嫌いだって言ったんだ」

いつものぎらぎらとした感じがなくて子供のような態度と言い回し。

「…言ってるじゃねえか」

どうも何か、こいつの中の力が一つ欠けてるような気がする。

「…中井サンは『そういうの』嫌いだ？　そう言えばいいか」

「そういうの？」

「湿っぽい話。好き？」

「好きじゃねえな」

「ほら」

「『ほら』じゃないだろ、ちゃんと言えよ」

佐原はなぜかちらりと睦月を見た。

睦月も、たった今俺に手ひどくフラれたばかりだというのに、黙って俺達をいつもの顔で見つめている。

「…言うことなんて、一つしかない、ずっと。『好き』だ」

そこに別の人間がいるというのに、佐原は俺の手を取った。

「上手く、言葉がみつからないから何を言えばいいかなんてわかんねぇ。でもずっと言える言葉があるとしたらそれだけだ。好きだ、中井サンだけが一番好きだ」

やっぱりまるで子供のように、それだけ言うと俺にしがみついた。

「佐原？」

何がどうなったっていうんだ。

あれだけ怒ってたのはお前だろう。俺をしめ出してどっかへ消えたのもお前だろう。何を今更小さな子供みたいに見せたことのない甘えを見せてるんだ。しかも、お前は俺ではなく、そっちの男の手を取ったんじゃなかったのか。

けれどそんな小言を言えるような雰囲気ではなかった。

言いたいことだけを言った佐原は、そのままもう何かを言う気はないらしく、ぎゅっと俺に抱き着いたまま動きもしない。

仕方なく、俺は視線を睦月へ移した。

聞きたくはないけれど聞いてやるから全部話せ、お前は何か知ってるのか。この言葉の足りないバカの代わりをしろ、という眼差しで。

「…いいですよ。お芝居はやめにして本当のことを全部話しましょう。俺のが夏津也よりずうっと

口が回りますからね」

両手を広げ、手品師がタネ明かしをするように諦めた顔。

たった今『俺達は恋人だった』と語った口が告げる今度こそ本当の真実。

「実は俺と夏津也はね、母方の従兄弟なんです」

それが彼等の隠していた些細な、それでいて最大の秘密だった。


睦月が自分の母親に頼まれて、家を出たまま連絡のなかった従兄弟と再会したのはついこの間のことだった。

睦月と佐原は、確かに彼が言った通り小学校に入る前から睦月が大学のために上京するまで、一番近しい親戚として親交をもっていた。年が近いせいもあっただろうし、睦月の母親が佐原の面倒をみていた頃もあったから、それこそ風呂も一緒、寝るのも一緒という生活をするほどの仲だった。

けれど、佐原本人から一度も聞いたこともなく、彼の口から零れることもなかった家庭事情というのはさしてよいものではなかったらしい。

こんな不器用な人間が作られるにはそれなりの土壌があったってワケだ。

今ではありきたりの話だが、両親は離婚。裕福ではあったが、彼は母方に引き取られ片親の生活を余儀なくされた。

母一人子一人だというのに、その母親さえも夫に似た彼に対して優しい母親とはいかなかったようだ。

「親子のおりあいが悪くて夏津也が家を出て行ったと思ってました、つまりそれだけ二人の仲がこじれてるんだろうと」

だから佐原が実家に連絡を入れて来なかろうが、戻って来なかろうが、どうでもいいと思っていた。離れていた方が上手くいく関係だってあるものだ。

ただ自分の母が、睦月の親が心配するから、ちょっと顔くらいは見ておこうと思って接触をとる気になったのだ。

だが意外なことに、氷山みたいにガチガチだった従兄弟は再会の席で自分には今好きな人がいるから、もう他はどうでもいいと言ったのだそうだ。

「それがあなたですよ、中井さん」

他人が思うほど、つらい環境に置かれている人間がつらい思いをしているとは限らない。幸福の中にあっても不幸な人がいるように、はたから見れば不幸そうでも、実際は幸福な者だっていくらでもいる。

幸、不幸の判断は自分自身がするものだ。

親子の関係が冷えきったままでも、恋人と幸福になれるのならばそれでいい。

「顔の一つも見せなくても、俺にはあなたの名前を恋人として口にする夏津也は幸福なんだろうと思ってました。だからこの男をそんなふうに恋愛させる人間っていうのはどんな人なのか興味が湧いたんです」

そして睦月は江角と出会い、俺のことを尋ねることになったわけだ。

「江角さんは、あなたのことを褒めました。けれど同時にこうも言ったんです。快楽主義で、楽しい遊び人だとね」

あのヤロー。

「まさかと思うが江角はあんたと佐原が従兄弟だって…」

「知ってますよ。俺が言いましたから。まさかその頃はあなたが江角さんとそういう仲とは考えもしてませんでしたしね」

そうか、だから彼は『従兄弟』と知ってるはずの江角が、いつまでもそれを口にしていないことに驚いていたのか。

そして『会って本人に聞けばわかる』と言ったあの男の言葉の意味も。

善意に解釈してやれば、あの時『これは子供のすること』と繰り返していた意味もわかってくる。すぐバレる嘘の上に乗った一時の苛め、そういうことなのだろう。結果はわかっている。だから安心して嘘をつきまくっていたってコトだ。

可愛いと言えば言えなくもないが、それでも許しがたい行動だ。

「あなたを指名したのは、もっと身近で中井さんという人を見てみたかったからです。そして本当に夏津也の言う通りなのか確かめてみようと思ったんです。こんなのでも一応大切な従兄弟ですからね」

「佐原の言う通り？」

睦月はこくりとうなずいた。

同時にまだ俺の腰にしがみついている佐原の腕に力が入る。

「夏津也はね、あなたと江角さんが一緒にいるのが嫌だと言い出したんですよ。俺がどうやら江角さんも中井さんと親しいようだって言ったら。そして彼は自分にないモノを持っているから中井さんが遊び相手に選ぶだろうけど、自分の嫌いな人間とあなたが遊ぶのは嫌だって。俺に従兄弟だってコトを口止めしたのも、俺が江角さんと同じモノを持っているから、あなたが遊び相手として紹介しろって言い出さないようになんですよ」

腹立たしくも嬉しい告白が次々と零れ出る。

俺の知らないところで起こっていた出来事は、すべて睦月の口が説明してくれた。

「夏津也の母親が入院した時、俺は一緒に戻るかと聞いたんです」

答えは『イエス』ではなかった。

自分には、今もっと一緒にいたい人間がいる。戻っても何もできないのなら、好きな人と一緒にいたい。母親本人からの電話も何度かあったのに、それさえも断りここに残り続けた。

けれど本人が思っている以上に、内面に働きかける事実。

選んでも、やはり気にはかかっていた。最初から退院の見込みのない入院だから。

何度も睦月に電話をかけては、自分は本当はどうすべきなのかと問いかける。

もう二度とやりなおせなくても、見送ってやるべきなのだろうか。

やがてそれは小さな苛立ちを生み、誰にも言えないストレスとなった。江角に対する言葉がきつくなったのもその頃、つまり照らし合わせてみるとあいつが仕事を断った頃に重なる。

「言え、と言ったんですけどね。母親が死にそうだから甘えさせてくれ、慰めてくれって。誰のところにも行かずそばにいてくれって。でもこいつときたら『中井サンはそういうの嫌いだから』の一点張りで」

ホテルで漏らした佐原の一言。

『こんな時に…』というのは、あまりにも身勝手だが自分が寂しくつらい時にという意味か。

キス一つせず俺を追い出した日も、ドアチェーンをかけて俺をしめ出した日も、こいつの口から漏れた『嫌い』はそのことを言っていたのか。

「そのクセ中井さんにそばにいてほしいって気持ちだけは捨て切れないらしくて。一番自分から中井さんをさらって行きそうな江角さんに敵意剥き出しだったでしょう。仕事なら仕方ないけれど、それ以外のことであなたが自分のそばから離れるのは嫌。特にあの人は自分よりも中井さんに『いい目』を見せてあげられるだろうから嫌いだとか言ってね。俺はあなたと話をしてみてあなたがたかが『いい目』を見せられるくらいで気持ちが揺らぐとは思わなかったんですけどね。こいつは誰の言葉も信用しないから」

言葉で信用できないなら、態度で信用させればいい。睦月はそう思ったらしい。

佐原の言う通り自分と江角は立場だけ見ればよく似ている。彼ほどスマートではないが、若くルックスも悪くなく、地位と名声がある。

それをひけらかして俺を誘い、俺が乗らなければ答えは出るという寸法だ。

だから、何かを企むようにして俺にモーションをかけて来てたのか。

さっき『恋人だった』なんて嘘を言ったのか。

「人間ってね、不思議なものでそれまで特別に好きだと思っていなくても、『死』を前にすると泣きたくなるほど切なくなる時もあるんです。大した友人じゃなくても、葬式に出ると涙が出ちゃうってこと、あるでしょう？　ましてやそれがまがりなりにも母親なら推して知るべしです。あなたが江角さんとホテルで会った日、夏津也の母は危篤状態に陥りました。けれどこのバカは江角さんの言葉に乗ってうまうまと出かけてしまったんですよ。最悪の精神状態で」

「一言いっとくが、俺は本当に江角と何かするつもりで行ったんじゃねえぞ。もしその気で行ったんなら佐原がどんな態度取ろうがちゃんと『そうだ』って答えてやる」

「でしょうね、そんな感じですもん。でも俺が電話して迎えに来た時はもう『悔しい』ばっかりで。たぶん江角さんに、でしょうけど」

俺を追い出した後にかかって来た電話は睦月からのもの。従兄弟だから『来てくれ』と懇願することもできたのか。

「じゃあ…突然いなくなったのは」

「もちろん、病院へ行くためです。そうそう。俺、慌ててててアドレス帳持って出なかったから、仕事先のどこにも連絡いれられなくて、中井さんにもご迷惑かけましたね。すいません」

「ああ、いや」

「結局その晩母親が亡くなって、通夜やって葬式して。一通りのことがすべて済んだと思ったらもうまた中井さんに会いたいから東京へ戻るの一点張り。こんな子供みたいな夏津也を見るのは初めてでしたよ」

　心地よい言葉だ。

「葬式の席で零した涙だって、本当は誰のために零してたんだか」

　佐原が俺のために変わると聞かされるのは。

「泣いた？　佐原が？」

「後で写真みせて…」

「うるせぇ」

「…あげますよ」

　合いの手の怒声は恥じ入っている腹に抱き着いたコアラの子供の精一杯の虚勢。もちろん軽く無視されたが。

　俺と睦月だけで進んでいた会話が切れて、短い沈黙ができる。

　目の前に座っていた男はその静寂が合図でもあるかのように立ち上がった。

「さて、そろそろタネ明かしも全部終わりましたし、俺は戻りますよ。後はその貝みたいな口をこじ開けて、いくらでも苛めてやってください」

　まだ、聞きたいことはあるような気がした。

　けれど確かに睦月の言う通りだ。これから先を聞くならこのコアラの子供からのがずっといい。

「俺はね、本当に中井さんのこと好きですよ。言ったでしょう、『その時が来たら』って。江角さんも俺と夏津也のことを黙ってる以上あなたで遊ぶつもりなんだろうと薄々は感づいてました。でも俺はあなたを夏津也と幸せにしてやりたい、元の鞘に収めてやりたいと思ってやってたんです、少なくともあの人よりは善意の第三者だと思いますけどね」

答え合わせは舞台の反回しを見せられた気分。

ぐるりと回ったら、そこにはまったく別の芝居が始まってる。そんな感じだ。

三人が三人ともバラバラの思惑でバラバラの嘘をついていた。佐原は自分の精神状態を、睦月は自分の正体を、江角は佐原と睦月の関係を。

何もかも、もっと早く知っていれば俺だって嫌な気分を味わわなくてよかっただろうとも思うけれど、今となっては言っても仕方ないことなのだろう。

「さて、俺はこれから江角さんとこ行って、あの人を苛めて来ますか」

「江角を？　なぜ」

「当然でしょう、俺の可愛い従兄弟と、大好きな中井さんを苛めて楽しんだんだ、たっぷりと仕返ししして来なくちゃ」

「あんたに苛められるのか？」

「成田さんってのは友人を苛めるのが好きな人でね。俺の絵のことみたいに他人の弱点をつつくのが好きなんです。だから江角さん関係のネタくらい手に入れましたよ」

睦月はそれだけ言うと、視線を佐原に移した。

「どうやら、もうお前がこの人以外から幸福を得られないみたいに、この人もお前からもらうものが他の誰からもらうものよりもいいみたいだよ」

そしてそれだけ言うと、軽く手を振って部屋を後にした。

残されるのは俺と俺の腹にしがみついたままの子供だけ。

「まったく…」

肩の力が抜けて、こっちの方が恥ずかしくなって来る。

「お前ってヤツはいったいどこまでバカなんだ…」

そして込み上げて来る喜びが、やっと俺に笑顔を作らせた。


まず俺がやらなければならないのは、腹のコアラを引き剥がすことだった。

佐原がこんなに子供だったなんて、俺も全然わからなかった。いや、わかってはいたのに忘れていた。

「佐原」

最初から、こいつは何も知らない子供だったじゃないか。

「顔上げろ」

口の利き方も、人を好きになることも、何も知らなかった。それをすべて教えたのは俺だ。初めからもっと強気に出てもよかったんだ。

「上げろよ」

顎を取って無理やり上げさせた顔は、この上なく不細工な面だった。

「何だ、その顔は」

これが表情の乏しい佐原の、初めて見せる仏頂面ってわけだ。

「俺が江角に簡単になびくと思ってたのか？　ああ？」

「…思ってない」

「聞こえねえな、何だって」

「思ってない」

「俺が江角と寝るのが嫌だったのか」

「…それはちょっとは嫌だ」

「ちょっと？　じゃあ何だってそんなにブスくれてんだよ。言ってみろよ」

佐原の綺麗な顔が歪む。

歪ませているのは俺だ。

「目に見えるところで笑ってたからだ。俺が行ったら顔を堅くしたからだ！」

「何だよ、それは」

「ホテルで、笑ってた。でも俺が行ったらあんたはそれを止めた。言い訳して、つらそうにした」

「だからどうしたっていうんだよ」

「あいつが中井サンを笑わせるのは構わない。そんなのどうだっていい、あんたが楽しいなら。でも俺は、自分がそれを与える側じゃなく取り上げる側に回されたのが嫌だったんだ！」

気がついているのだろうか。

「江角に怒ったんじゃない。あそこへ出向いたのは実家に帰る前にあんたの顔が見たかっただけだ。なのに中井サンは俺の顔を見て、喜んだ顔をしなかった。笑っていたのに、それを止めてしまった。俺は逆をしたいのに、そのために自分の湿っぽい話を話さないでいたのに」

今こいつが言ってることが、さっき俺が言ったことと根本的には同じなのだということに。

「俺が『お前のせいで笑わなくなった』ことが嫌だったのか。江角とデートしてたからじゃなく」

「そんなの、するって言ってたじゃないか」

「ああ、そうだ。俺はするぜ。これからは睦月ともするかもな」

「そんなもの、すればいい。俺はかまわない。そりゃ気に入らないコトは気に入らないけど。でも、俺を見て困った顔をするな」

メチャメチャな理屈だ。

「俺に、中井サンを喜ばさせてくれ」

でもああ、そうだよな。

俺もお前も、しょせん自分のことしか考えられないような人間だもんな。

自分の好きな人間を喜ばせるのは、いつだって自分でなきゃ気が済まないんだ。『あの人が幸せならそれで』なんてしおらしいことを考えるようなタマじゃないもんな。

他人が作らせる恋人の幸福そうな顔なんて、テレビを見て笑ってる顔と大差ない。問題はいつも、自分が作らせる顔。

喜んでも、悲しんでも、それは自分だけに起因していなければダメだ。

他人のせいで作られる表情なんて、眼中にないんだ。

「仕事を断った日、俺にキスもせず追い返したのは病床の母親に気兼ねでもしたのか？」

「違う。キスすれば抱く。抱けば愚痴るかもしれない。でも俺の事情なんてあんたには関係ない。

それは俺の与えてやりたい喜びじゃない」

「チェーンかけてたたき出した時もか」

「あの時も、きっといたら全部話すと思ったから…」

可愛いヤツだ。

ずっと、俺よりも強くて、俺に頼ることなんかしやしないだろうと思っていたのに、強い部分だけでなく、弱いところでも俺を求めていると知らず知らずのうちに白状してる。

それは取りも直さず、己のすべての部分で俺を欲していると言ってるようなものじゃないか。

俺は引きはがしたコアラを、そのまま仰向けに押し倒した。

「…中井サン？」

寒くないのかと思うほど薄着のシャツ一枚。

「ここでセックスしたら死んだばかりの母親に申し訳ないと思うか？」

手触りは暖かいが、しょせん布一枚は一枚だ。

「思わないけど…」

馬乗りになり、そのボタンを一つずつ外して彼の温かい肌に触れる。

「じゃあ黙ってろ」

彼の父親が彼から離れて行ったことも、ただ一人の母親が死んだことも、不謹慎なことに俺にとってはどうでもいいこと。むしろこれから先こいつが頼る先が消えて、残るのが相変わらず俺だけでしかなくなったことを喜ばしくさえ思う。

「俺が一番なんだろ」

罰当たりだろうと何だろうと、こいつが独占できるのならばそれでいい。

「俺を喜ばせたいと思ってるんだろ」

少し驚いている顔に降らせるキス。

軽く重ねて、すぐに離れる。そしてもう一度重ねる。

「いいぜ、喜ばせろよ。誰でもがくれるようなもんじゃなく、お前しかくれないもんを、全部俺に渡せよ」

両手を開いた襟元に差し込み、俺が佐原の胸を探る。

「喜んでやるから」

いつも自分が彼に触れられて声を漏らす場所を見つける。

「お前自身を全部」

ゆっくりとそこに触れた。

金とか物とか食事とか、そんなものは誰からでももらえるし、欲しかったらいくらだって自分で手に入れることができる。

セックスさえ、快楽だけなら自分で見つけて来ることだってできるだろう。

けれど愛情は別だ。

恋愛の喜びも悲しみも、自分一人の力ではどうにもできない。相手がいなければ発生しやしないものだから。

お前は俺に振り回され、俺はお前に振り回されてる。

恋愛を自覚した時からずっと、だ。

そんなふうにできるのは、最初からお互いだけだったんだ。

「お前はまだ考えが浅いよ」

俺は佐原に囁いた。

「どんな顔だって、お前がさせる俺の顔なら楽しめるようにならなきゃな」

本当にそうなっては困るけれど今だけは少し教えてやる。

「怒っても、苦しんでも、笑いを止めても、それはお前のせいなんだから」

可愛い子供でいる今だけ。

「俺…？」

「そうさ。お前以外の人間にはさせられない、特別な顔なんだから」

その部分では、俺の方がまだ大人だったたってことか。

俺はお前の苦しむ顔も悩む顔も好きだぜ。

お前が俺のせいで笑顔を凍りつかせるならそれもいい。他の人間じゃ無表情のお前の眉一つさえ動かせないと知ってるから。

さっき見せた仏頂面だって、俺にとっては嬉しい限り。

そんな顔、従兄弟にだって見せやしないんだろう。俺だけがその顔を歪ませることができるんだろう。

俺が一番、お前に影響を与えられる、その証しなんだろう。

顔を胸に埋め堅くなり始めた小さな突起を軽く噛む。

小さな声が漏れて微かな痛みを訴える。

だから今度は唇を寄せ、吸いつくように含み舌先で舐め回す。

「…ん」

いつもは俺が先にあげる切ない声が佐原の喉から零れた。

恋人とのセックスを特別視するのは、それが誰にも見せない顔を見せあうことだから。

快楽だけなら、セックス以外のものでも手に入れることができる。けれどそんな時に見せる表情は他の人間も見ることができるだろう。

他の人間とのセックスよりも、恋人とする時の方が声がワントーン上がるのを知っているか？

それは触感や肉体的な刺激だけじゃ得られないスパイスが振りかけられるからだ。

その微妙な味の差を知るのは恋人だけ。だからこいつは特別なのさ。

顔を上げ、身体を起こして見る佐原の顔は赤かった。

そんなの、従兄弟殿は見たことないだろう。

「いい、中井サン。後は…」

「何言ってんだよ。今日はマグロみたいに寝てろよ」

ズボンのボタンに手をかけて弾くように外す。

「俺を喜ばすために全部差し出すんだろ」

親指と人差し指の先だけ使ってファスナーを下ろす。

「ゆっくり味わわせてもらうから」

膨らんだ部分は少し左に曲がってた。

自由になった途端早回しのフィルムみたいに形が変わる。

今度は両手をズボンの腰にかけて下着と共に引き下ろす。一瞬戸惑うように鼻に皺を寄せるのがまた可愛かった。

されるばかりであまりしてやったことはなかったな。

でも今日はゆっくり『して』やろう。

頭をもたげた塊の先端を、胸を濡らした時よりそっと舐めてやる。

絡まるように浮き上がる血管の一本一本をなぞるように舌を這わせてやる。

「中井サン…！」

名前を呼ばれても、俺は愛撫を止めなかった。

十本の指で、支えるまでもないソコを支えて何度も舐め上げる。口に含むと、熱を感じたかのようにさらにそれは形を変えた。

充血するように膨らみ、俺のせいではない雫が零れる。

「う…」

自由にしている佐原の両手が俺の髪に触れる。

強くつかもうとして、ピクリと止まり、強く掻き抱く。

根元を手のひらで握ると、腹が死に損ないの魚のようにビクリと跳ねた。

「いいか？」

荒い呼吸が言葉を吐き出すためにいったん止まる。

「頼む…もういい…から」

最中の顔なんか、見てる暇なかった。

お前があんまり激しくするから、自分を保つだけで精一杯で、気持ちよくなることに溺れて、顔なんか見てなかった。

「わかったよ」

でも今日は見ておこう。

「腰、上げろ」

「……入れんの…？」

今見せた一瞬の脅えた顔とかも。

「ばーか、ズボン脱がすんだよ。俺がお前のためにせっせと動くもんか」

膕に絡まっていた布の塊を取り払い佐原の長い脚を剥き出しにさせる。内腿の柔らかい部分を膝から撫で上げ、奥へ。

「ん…」

行き着いて、手で握ると、さっきつけた自分の唾液でソコはしっとりとしていた。

手に少し力を入れると反応して表情が変わる。

右の目が、キュッと堅く閉じる。

頬が少し痙攣する。

瞼に皺が寄る。

一緒に唇の端も右だけ上がった。まるで何かを噛みしめているように。

「…は…っ」

息を吐くと赤く色づき始めた唇の間から白い歯がのぞく。上が二本、下が六本。

うっすらと開いている目を囲む長い睫毛がずっと微かに震えていた。

今度は、瞼を閉じていてもその顔が浮かぶようにつぶさに見ていよう。

焼きつけるようにじっと見ていよう。

表情がないとばかり思っていたお前の、くるくると変わる表情。

少しもったいないことをしていたかもしれないとさえ思う。抱き合ってる最中にお前がこんなに豊かな表情を作ると知っていたら、もっと早くこうしてたのに、と。

官能は、触覚だけで生まれるのではない。

視覚からもその触手を伸ばして来るもの。

喘ぐ佐原の顔を見ているうちに、こっちもその気になって来た。

「ちょっと待て…」

ごそごそと自分も下だけを脱ぎ捨て、脚と脚を寄せる。

なまめかしい肌の感触に、全身が粟立った。

「中井サン、熱い…」

大きな手が太腿に添えられると、ひやりとする。

「暖房入ってないぞ、俺は少し寒いくらいだ」

体温の差だ。

「違う…中井サンが…」

服に包まれていた場所と剥き出しの手だから感じる冷たさだと思ったけれど、忘れていた、熱があったんだっけ。

「気のせいだろ」

でもまあいい。今はそんなことよりこうしていることの方が大切だから。ごまかして彼を味わうことを続ける方がいい。

「お前だって、もっと熱くなるさ」

だがそろそろ我慢がきかなくなって来たから、最後に向けて動きを変えた。手は佐原から離れ、別の部分で彼を受け入れるために自分に伸びる。

自分の指で自分の入り口を探り先を入れてみると、意外なほどの快感が走った。

よくこんな狭い場所に目の前のモノをくわえる気になったもんだ。大きさの違いをまざまざと比べてみると改めてそう思った。

「じっとしてろよ」

脚を開いて、またがるように佐原の上に乗る。

臍の辺りまで進んで、後ろにソレを宛てがう。

「中井サン、俺が…」

と言う佐原に首を振って自分で場所を合わせた。

「う…」

今度は俺が声をあげる番だった。

「あ…」

精一杯脚を広げて、背中を丸めて、息を吐きながら佐原を呑み込む。じりじりと腰を落として、身体の中に生まれる圧迫感と痛みに眉をしかめる。

腰と下腹の肌が触れるまで座りこみ根元までくわえると、薬で治まっている頭痛とは違うズキズキとした感覚がこめかみの辺りに広がった。

「あ…」

もう身体を支えられなくて、崩折れるように畳に手をつく。

近くなった顔をもう一度見ようと目を開けると、そこには同じように熱に浮かされたような表情を浮かべた佐原の顔。濡れたように見える瞳は真っすぐに俺を見ている。

「その顔…」

にやりと、無理に佐原が笑った。

「俺がさせてる…」

言うじゃないか、ちゃんとした笑顔を作れないほど俺を堪能してる最中だってのに。それに、今お前がしてる顔だって俺がさせてるんだぞ。

ゆっくり、今度は背中を反るようにして腰を動かす。応えるように下では佐原がついに誘惑に負けて柔順な恋人の皮を脱ぎ捨て、突き上げるように動き出した。

「あ…あぁ…」

こうなると、もうコイツの顔なんかどうでもよくなってしまう。目で捕らえるものよりももっと確かな繋がりを感じるために目を閉じる。立場は逆転し、いつものように貪られるのはこちら。

腰が揺れるたび、深く挿し入れたはずのモノが出し入れされ、擦れる部分が甘く痺れる。

突き上げられる最奥のせいで、俺も雫を零す。

着たままだったシャツの下から滑り込む冷たい指は、平坦な胸でそこだけ突き出した小さな箇所を弾いた。

「う…」

簡単なことだと、もうわかるだろう。いかに鈍いお前でも。

俺を喜ばせたいなら、いつも俺のことだけ考えて、俺のことだけ求めてればいい。俺が一番欲しいのは、他の人間でも代用のきくものじゃない。

いつもただ一人、お前だけがくれるその激しい愛情なのだと。

口にはしてやらない。大サービスで他人の前でお前を好きだと言ってやったんだから。それ以上お前を喜ばせる必要はない。

「あぁ…」

だから何もいらないと思うはどお前を愛しているとまでは言わないけれど、身体で教えてやろう。

こんなにイイ声を聞かせるのはお前だけなんだと。

「ん…っ…」

閉じられなくなった唇から露のように零れる喘ぎの中に。

「いい…佐原…っ！」

お前の名前だけを呼んで。

満足するまで楽しみを貪って、満足されるまで身体を貪られ尽くして、その後のことなんて考えもしなかった。

ふられたら、ふてくされて会社に行く気もおきないだろうと思っていたから昨日のうちに休む手筈は整えておいたのだけど、その他のことは何も予測はしていなかった。

だから起きられるわけがないって、わかってるだろう。

せめて暖房をつけてやりゃあよかった。そしたら熱は出さずに済んだろうから。熱が出なけりゃもう少しシャキとできただろう。でも実際は熱っぽいし、だるいし、喘ぎ過ぎで喉も痛い。

お前はタフで、俺よりも体力があるってのも知ってたさ。だからお前がそうやってピンピンしてんのも許してやる。

でもな、俺はもう洗濯機で回された後のぬいぐるみみたいにクタクタなんだ。

チャイムが鳴っても、関係ない。

人声がしても関係ない。

もう少し動けるようになるまで眠っていたかった。

なのにどうしてお前はその俺の前にこいつを通すんだ。

「どうせ食事なんか何にもないと思ってましたからね」

牛丼屋のビニールを下げて翌日の午後に顔を出した睦月はいつもの笑顔でそう言った。

「お腹、減ったでしょう」

どこまでわかって言ってんだか、こいつは。

佐原はまた睦月に言われて茶を入れに席を外す。

それもまた不満。

わかってねえな、あのバカは。

俺が従兄弟とか親戚とかそんな肩書にも容赦できないくらいお前を独占したいって思ってんのにまだ気づいてないらしい。

「メシよりタバコが欲しいよ」

と言うと、睦月はポケットから箱の潰れたタバコと一〇〇円ライターを差し出した。

「俺のでよかったらどうぞ」

こいつと佐原があまりにも似ていないから、二人が血縁だという考えが浮かばなかったのだが、従兄弟だと聞いてから改めて見比べると似てるところは結構あった。

顔がいいというのもそうだが、何より似ているのは頓着がなくズボラだというところだ。

「睦月、お前髪伸ばしてんの面倒だからだろう」

ベッドに半身起こしただけで、差し出されるライターにくわえたタバコを近づける。炎の青い部分にまで差し入れて息を吸うと、タバコの先が赤く灯ってニコチンの味が口に広がった。

「そうですよ。昼と夜が逆転した生活が多いですから床屋の開いてる時間に出かけられなくて。でもどうしてです？」

「いや別に」

佐原のボサ髪の理由もそれだったと思っただけさ。

ここにも家具は少ないし、あの家もそうだった。

もし佐原が金を持っても、きっとこいつのように他人に言われるままにモデルハウスを購入してしまうだろう。

面倒だからって理由だけで。

「それで、江角は苛められたのか？」

睦月の差し出す手近な灰皿に灰を落としながら聞くと、彼は満足そうにうなずいた。

「ええもちろん。あの後、成田さんに電話かけて頼み込んだんです。何かいい江角さん苛めのネタありませんかって」

「そしたら件の作家先生は何だって？」

「ものすごく簡単な弱点を教えてくれました。あの人、爬虫類が苦手だそうです」

「爬虫類？」

って言うとヘビとかトカゲとかか？

「ええ、何だかみんなで旅行に行った時、蛇園行ったことがあるそうなんですけど、ガンとして入らなかったらしいです。絵とかヘビ皮とかは大丈夫らしいんですけど生きてんのはてんで」

自分が蛇みたいな男だったクセに。そいつは俺も知らなかった。

「だからすぐにペットショップ行って小さな蛇を一匹購入しました」

「持ってったのか」

「もちろん。置いて帰って来ました」

「捨てられるぞ」

「そんなヘマはしませんよ。何げなく遊びに行って、荷物を一つ忘れて帰って来ただけのことです。後で外から電話を入れて近いうちに取りに行くから預かってほしいって頼み込んどきました。もちろんその時に中身を言って」

ってことは、今頃自分の部屋に天敵がいることに脅えながら仕事をしてるってワケか。そいつは小気味いいこった。

「中井さん」

睦月が声をひそめて俺の名を呼ぶ。

「俺の知ってる佐原夏津也という子供は本当に無表情な子供でした」

その顔からずっと消えることのなかった笑顔が消え、眼差しは真摯に俺を見る。

「正直言って、俺はあれが他人に興味を持つとは思ってもみませんでした」

あぐらをかいて、組んだ足の間に腕を落として背を伸ばす。

「あれの母親は他人のために尽くして、尽くして、捨てられたことに一生かけて嘆いていたような人です。だから、夏津也は他人に対して自分から働きかけることを極端に嫌っているように見えました。でももう、そんな心配は無用なものになったんですね」

そのポーズがまるで坊さんのように真面目に見えたから、こっちも真面目に聞いてやる。

「お前はお前のことを考えてろよ。佐原のことは佐原が考えるだろ」

「中井さんが考えるんじゃないんですか？」

「なんで俺が」

「恋人でしょ」

「俺が考えるのは俺のことだけだよ。せいぜいがトコ『俺のための佐原』のことぐらいさ」

「でも…」

「俺は別に哲学者でも宗教家でもないから適当に聞き流していいが、しょせんどんなにキレイごと言ったって、人間は自分が幸せになるために生きてるだけだ。俺があいつと恋愛すんのは俺がしたいからってだけに他ならない。あいつが俺のことをとやかく言うのだってそうだろ。

あいつは他の人間に働きかけてるわけじゃない。ただ自分が楽しく生きる方法をやっと一つ見つけただけのことさ。『恋愛』って方法を」

「でも恋愛は楽しいばかりじゃないでしょう？」

「苦労するってか？　それもいいんじゃねぇの。苦労する甲斐のある楽しみが待ってるんなら」

「なるほど。それじゃあ、あなたはあの夏津也にわめかせたり涙を流させたりするだけの価値のある楽しみなんだ」

　俺は笑った。

「いいセリフだ、もっと言え」

　つられたのか、睦月の顔にもまた笑顔が戻る。

「でももう、俺が夏津也にしてやれることはなさそうですねぇ。誰かの手が必要なら中井さんがいるし、誰の手も必要でないなら俺の手もいらないんだろうし」

　そのセリフもいいな。

　正直言って、あいつに影響力のある人間を他に作りたくないから。たとえ、それが俺にいい感情を持っている人間だとしても。

「寂しくなるか？」

　問いかけに彼は首を横に振る。

「いいえ、元々すっかり忘れてたくらいですから。俺もあんまり他人のことには関与がない性格なもんで」

「そういうところも似てるんだな」

「それに比べると、江角さんはバイタリティありますよね」

「まったくだ」

俺達は二人そろって同じ感想に声をあげて笑った。

だが、あの人のところにはもう少ししたら顔を出しておかなくちゃな。

したことは可愛いイタズラと思えないが、取り敢えず俺が顔を出したら佐原への無意味な苛めをやめると約束したし。きっとこの一件で俺に借り一つと思ってくれてることだろうし。

佐原が江角に泣かされるのはどうでもいいが、それであいつがまたふらふらすると俺が困る。

あのバカが俺の大切な部分を握っているのだから。

たかが江角ごときでそこを揺さぶられるのはもうたくさんだ。

そこまで思って、自分の中で江角の存在が急速に薄れていることに驚いた。マズイな。だんだん頭の中があの扱いにくい生き物に占領され始めてる。

その時、物音がして二人同時に視線が動いた。

「あれ、夏津也。お茶は？」

戸口に黙って現れた手ぶらの佐原に睦月が聞く。

ああ、もう一つ二人の共通点を見つけたぞ。

こいつらは無表情と笑顔という差こそあれ、その胸の内を見せることがない顔をずっと作ってるってとこだ。

「…客」

顔は無表情だが、声にはブスくれてる感情がこれ以上ないくらい詰まってる。

「客？　誰に？」

指し示す指先は彼の従兄弟に向けられた。

「俺？　誰が？」

「嫌なヤツ」

まさか、と思う間もなく後ろから姿を現した男は彼よりもさらに不快な声を発して存在をアピールした。

「俺だよ」

今、一番ここに似つかわしくない人物。

今、一番ここで歓迎されないであろう人物。

「江角さん」

俺と睦月と二人に名前を呼ばれた男は、コートも脱がずに仁王立ちのまま俺達を見回した。

この部屋の状況が、どんな結末を意味しているのか、彼にはわかるのだろう。いや、きっと俺を苛めた時からそれは想像にかたいことだったはずだ。

そのわかっていた終幕に満足しているのかいないのか、彼は軽く鼻を鳴らして毒づくと、佐原も俺も無視してそこに座る睦月の腕を取った。

「さあ、一緒に来てもらおうか」

驚いたのは腕を取られた当の本人だった。

「俺？　何でです」

「決まってるじゃないか、『忘れ物』を取りに、だ。朝からずっとお前を捜し回ってたんだ。お前の家にも電話したし、雑誌の編集部にも、中井のところにも電話をした。もちろん、成田のところにもな」

悪巧みはバレたってことか。

だが睦月は悪びれる様子もなく笑った。

「はは…、聞きました？」

それがまた江角の顔を渋面にさせる。

「聞いたとも。お前さん睦月に何か悪さしたのかって笑われたよ」

「悪さの正体は御自分でわかってるでしょう？」

「ああわかってるさ。だからもう二度と『佐原には』ちょっかいは出さんよ。さあ、行くぞ。上着を取って来い」

そのセリフを言う時、江角の視線が俺を見たのは見間違いではないだろう。佐原の名前だけ出したところを見ると、俺にはまだ何かやる気があるのか。

にしてもどうやら、あの口約束を履行するらしい。かろうじて潔くはあったわけだ。

「ち…ちょっと、江角さん」

有無を言わさぬ力で睦月の腕を取り、罪人を引っ立てるような勢いで彼の身体を引っ張る。

来たくはなかったであろうこの部屋にまで睦月を引っ立てに来るとは、よっぽど『蛇』が嫌いらしい。

ここへそいつを持って来ることもできないくらいに。

今度何かされたら俺も利用してみるか。

「江角さん」

呼び捨てから『さん』づけにまで格を戻して呼んでやる名前。

ベッドの上でタバコをくゆらせる俺に彼は肩をすくめて見せた。

「またそのうち遊びに行きますよ。新しい依頼でも持って」

返事はしなかった。

だが否定がないのは肯定のしるしとしておこう。

「それじゃ、また家で会いましょうね、中井さん」

江角は家主である佐原に、俺の見ている前では一言も言葉をかけなかった。

「いいから早く来い」

玄関先で、どんな会話がなされたやら。だがきっと、どちらもそれを教えてはくれないだろう。

今聞こえる声が、遠く足音と共に離れて行った先で、あの二人が俺達のことを話題に上らせるかどうかがわからないように。

騒がしい外来者が、消えてゆく。

潮が引くように、人影も人声も消える。

平日の昼下がり、狭いアパートに本来ここにいるべきものだけが残される。

「何であいつが冬士を？」

さっきの会話を聞いていなかった佐原には、江角の行動が不思議でならないようだった。

「天敵除去のマングース代わりだろ」

けれど説明するほどのことでもないので、適当に答えておく。

もうそろそろ、話題を自分達に向けてもいいだろう。

動き出して、てんでバラバラの方向で動き回っていたものが一つずつ沈黙してゆく。

関係ないものはすべて排除されて、必要なものだけが残る。

俺と、佐原だけが。

「お茶は？」

人が減ったせいか、さっきまでと違って妙に声が響く気がした。

「入れ忘れた」

佐原との距離も縮まった気がする。

「飲む？」

「いや、いい」

タバコを消して、狭いベッドの中、壁際に寄る。

「来いよ」

布団をめくって差し招くと、佐原はすぐに近づいて来た。もう彼は服を着ていたけれど、その手を取ると一緒にキシリとベッドを鳴らして上へ乗って来た。

広げた腕の中、大きい子供が入り込む。

俺の胸の中にやっと戻って来た温もり。

激しいのもいいけど、こういうのも悪くない。

身体を寄せて、ただ一緒に温まるというのも、たまにはいい。

「今度から、勝手なことはするなよ」

「勝手なこと？」

「俺が湿っぽい話が嫌いだと思ったからって黙って態度を変えるようなことだ」

「でも…」

「そういうのは、俺が決める。聞きたいか、聞きたくないか、俺が決める。お前は相変わらずバカみたいに思った通りにしてりゃいいんだよ。ヘタに頭使うとロクなことがねぇ」

こちらに向けた顔が、これでも一生懸命考えたのに、という表情を作る。

「もう一度寝るか。疲れたし」

本当は抱かれる方が好きなんだけど、今日はその頭を抱いてやろう。

「何もかも、起きてから考えればいいさ」

その方が自分が気持ちいいから。

鷹揚な、年上の人を演じてやろう。

「考えるって何を？」

今日は気分がいいから。

「そうだな…」

感じる体温に、一度は引きはがした眠気がすぐにまた戻って来る。

「仕事のこととか、メシのこととか…」

これもまた、お前だけがくれる安堵感。

他の誰とベッドに入っても感じることのない安らぎ。

静かに、時計の音を聞いて規則正しい音の中に二人埋もれてゆく。

「…お前の『湿っぽい話』のこととかな」

だから今だけは、自分のためでなくお前のために優しくしてやろう。

「中井サン…？」

知らなかった事実の、慰めの代わりに。

「でも今は、こうするだけでいいんだ」

重ねる唇に俺なりの気持ちを込めて。

おわり

■あとがき■

読者の皆様、初めまして、もしくはお久しぶりでございます。火崎勇です。

この度はエゴイスト2、『エゴイストの幸福』をお読みいただきありがとうございます。そして毎度のことながら、いえ、毎度以上に御迷惑をおかけしたイラストのあじみね朔生様、担当の長谷川様、申し訳ございませんでした。

自分の不甲斐なさをお詫び申し上げると共に、心より深く感謝致します。本当にありがとうございました。

この本がちゃんと出たのは一重にお二方のお陰です。

さて、このお話、いかがでしたでしょうか。楽しんでいただければいいのですが…。

この話を書いている時、相変わらず色々トラブルがありまして、『他人をどうこう言ってないで、まず自分が幸せになりたいと思わなければ何も始まらないのに』という思いを強くしたものですから、その心のままに書いてみました。

他人を思いやる気持ちは大切だけれど、自分のことを一番に思ってくれるのはやっぱり自分だし、

佐原もいつまでも貧乏暮らしをさせとくわけにはいかないし、そろそろ彼にも出世させてあげないといけないかな。少なくとも、防音のきいたコーポか何かに引っ越し出来る程度には。防音がきいて冷暖房が完備されると、きっと中井ももっと足を運んでくれるでしょうし。

中井は愛があれば他に何もいらないという人じゃないから、頑張れ佐原。

そして今回可愛くも悪人だった江角も、正体がつかみ切れなかった睦月も、女性らしい強さを持つ江川も、是非頑張って欲しいものです。

まだまだ己の欲望に従って恋愛を貪る人々の話ですから色々あると思います。新しい恋愛とかもあるかも。

機会があればまたその『色々』が書ければいいですね。

それでは、またいつかお会い出来るその日まで…。

自分を大切にできるのも自分。まず自分がしっかりと幸せにならなくては他人のために動くこと出来ない。身勝手ではなく足元を固めるために、己の幸福を追求するべきだ。

…と、思ったんです。

読者の皆様も、まず自分を大切に、そして幸せになって下さい。自分が幸せで余裕が出来れば理しなくても他人の幸せも願えるはずだから。

なんて堅いこと言ってしまいましたが、まあとにかく中井と佐原を見習って、『皆で幸せになろよ』ってことです。

特に中井はこれからも『自分の幸福』追求のために人生楽しみながら生きてゆくでしょうし。

ま、彼だけでなくこの本に出てくる人達はみんな自分の幸せ探しに忠実な人々で、エネルギッュですね。

ちなみに、中井がイラストを描いた本は大成功という結果になると思います。設定上では中井は実は絵がとても上手いんです。でも下積みが嫌いだから仕事にしなかっただけなんです。ほら、あの人頭下げるの嫌いだから。

睦月が世話をやくから、これからももしかしたらイラストの仕事はするかもしれません。でも一介のサラリーマンがイラストレーターなんて覆面作家みたいでカッコイイと思うような人だからきっと会社を辞めてそっちの道へということはないでしょう。

■この本を読んでのご意見、ご感想をお寄せ下さい。作者やイラストレーターへのお手紙もお待ちしております。

《あて先》
〒171-0021 東京都豊島区西池袋3-25-11 第八志野ビル5F
(株)心交社 ショコラノベルス編集部

CHOCOLAT ショコラノベルス NOVELS
エゴイストの幸福《しあわせ》
2000年1月20日 第1刷
著者……火崎 勇
発行人…林 宗宏
発行所…株式会社 心交社
〒171-0021 東京都豊島区西池袋3-25-11
第八志野ビル5F
(編集)03(3980)6337 (営業)03(3959)6169
印刷所…図書印刷 株式会社